秘密で息子を産んだら、迎えにきたエリート御曹司の熱烈な一途愛で蕩かされ離してもらえません

m a r m a l a d e b u n k o

すずしろたえ

マーマレード文庫

目次

秘密で息子を産んだら、迎えにきたエリート御曹司の熱烈な一途愛で蕩かされ離してもらえません

秘密で息子を産んだら、迎えにきたエリート御曹司の熱烈な一途愛で蕩かされ離してもらえません

プロローグ

穏やかな風が、花の香りを運んでくる。

寒く長い冬が明け、北国にもようやく春の気配が訪れた。

「おかーさん、フキノトウ!」

まばらに溶け出した雪の下から顔を覗(のぞ)かせたフキノトウに、息子のしゅんは大はしゃぎだ。

「本当だ。かわいいねぇ」

「あれ採りたい!」

「でももうすぐお迎えのバスが来ちゃうから、保育園から帰ってきたらにしよう?」

ちぇーっと頬を膨らませながらも、しゅんは大人しく言うことを聞いてくれた。

少し元気すぎるところもあるけれど、本当にいい子に育ってくれたと心から思う。

「しゅんちゃん、何見てるの?」

パッと顔を上げると、パート先の副社長で私の恩人でもある工藤麻衣(くどうまい)さんと、娘の穂乃花(ほのか)ちゃんがニコニコと笑いながら手を振っている。

「二人とも、おはよう」

「おはようございます」

「今日は気温も高くなるみたいだし、雪がだいぶ溶けそうね。除雪しなくて済むのは助かるけど、これから本格的に忙しくなると思うと憂鬱よ」

そう言って麻衣さんは、大仰にため息をつく。

私が務めている『らさいファーム』は、北東北でリンゴの栽培や加工・販売を行う農業法人だ。個人経営の農家が多いなか、麻衣さんの夫である洋介さんは法人化に舵を切り、らさいファームを立ち上げた。

雪が溶ければ肥料の施用から受粉作業、薬剤散布などの作業が山ほどあるから、ため息をつきたくなる気持ちもよくわかる。

「でもお客さんの笑顔に繋がると思えば、俄然やる気が出てきます」

「美咲ちゃんのほうが、私よりもよっぽど農家に向いてるわ」

「事務はともかく、実務はまだまだですよ。未だに手元が覚束ないことが多々ありますし。もっと頑張らないとって、いつも思ってるんです」

「美咲ちゃんってば、本当に真面目よね」

そんなことを言い合っているうちに、園バスが到着。

しゅんと穂乃花ちゃんは意気揚々とバスに乗り込むと、私たちに向かって「行ってきます！」と元気に手を振った。

「いい顔ねぇ」

「本当に。去年は行きたくないって大号泣して、バスに乗るのも一苦労だったのに」

「あー、あれは大変だったわね」

麻衣さんはひとしきりケタケタ笑うと「けどね、いい顔になったのは美咲ちゃんもよ」と言った。

「私……ですか？」

「六年前、初めて美咲ちゃんに会ったときに比べたらね。なんていうのかな、表情が随分明るくなったわよね。凄く輝いてる」

「そんな大袈裟な」

と応えつつも、麻衣さんの言葉には心当たりがあった。

六年前……それまで信じていたものが偽りであることを聞かされた私は、ショックのあまり全てを捨てて逃げてきたのだ。

この地に当てがあったわけではない。完全に、衝動的な行動。誰も知らない土地で、一人儚くなってしまいたいとさえ考えていた。

けれど麻衣さんや洋介さんと出会い、その後しゅんが生まれて、少しずつ生きる希望を取り戻していったのだ。

厳寒の北国にも暖かな春が訪れるように、私の凍てついた心も穏やかなもので満たされて、もう一度前を向いて歩けるようになった。

「全部、麻衣さんたちのおかげですよ。私が笑えるようになったのは」

「そう言ってもらえて嬉しいわ」

当時の私をよく知る麻衣さんは、そう言ってふんわりと微笑んだ。

「あ、そういえば例の番組、関東では昨日放映されたみたいよ」

例の……とは、テレビの経済ドキュメンタリー番組のことだ。

国内だけでなく海外とも取引を行うらさいファームは、新聞社や雑誌、まれに放送局から取材を受けることがある。

今回オファーしてきたのは東京の制作会社で、取材期間は去年の四月から十二月までの八ヶ月間。リンゴの栽培から収穫、加工品の製造と出荷まで余すところなくカメラに収めていったのは、記憶に新しい。

「こっちで放映されるのは来月だけど、今日あたりから問い合わせの電話が増えると思うから、対応よろしくね」

取材後は、見学の申し込みや営業の電話が殺到するのが常だ。しばらくは慌ただしくなるなと、覚悟を決める。

「任せてください」

「おお、頼もしい！　じゃあ、また事務所でね」

麻衣さんとは、ここでいったんお別れ。お互いやり残した家事を終えてから事務所に入るのも、毎日のルーティンだ。

ふと周囲に目を遣ると、日の光に照らされた雪が煌めいている。

「綺麗……」

ここではごく当たり前の風景にすら、心が弾む。

あの頃、絶望と悲嘆に暮れていた私が、こんな穏やかな気持ちで過ごせるようになるなんて、本当に思ってもみなかった。

しゅんと同じように、私自身もまた少しずつ成長しているのかもしれない。

――そうよ……もう、昔の私じゃない。

逃げることしかできず、縮こまっているばかりだった弱い自分。

けれど雄大な自然と麻衣さんたちのおかげで、一歩ずつ、確実に前進している。

しゅんのため、麻衣さんたちのため、そして自分自身のために、強くなりたい。

――もっと早くこんな気持ちになれていたら、あんなことをせずに済んだのかな。
過去の過ちを思い出し、胸がキシリと音を立てる。
「隼人さん……」
思わず口を衝いて出た呟きが、空気に溶けて儚く消える。
私が生涯でただ一人、愛した人。
私を傷つけ、そして裏切った人。
立ち直ったと思っていたのに、あの人を思い出すだけで、こんなにも胸が痛む。
思い出を振り切るように歩く私の横を、穏やかな春の風が通り過ぎていった。

1

隼人さんに初めて会ったのは六年前。

父のお供で参加したパーティーで顔を合わせたことが、全ての始まりだった。

実家が経営する『栗原工作所』は、東京の下町でＰＣやカメラ部品などの製造を中心に仕事を請け負う町工場。長年培ってきた技術力と実直な仕事ぶりが高く評価され、不況にあっても注文が引きも切らない状態だった。

私は短大を卒業後、父の秘書になるべく入社。

実家で働くことが決まったのは幸いだったけれど、父が「美咲は気が弱いから、他社に就職したら苦労するに決まってる」という過保護な理由で私を秘書に取り立てたことに、少なからず悩みを抱えていた。

たしかに父の予想は的を射ている。

幼稚園の頃、イギリス人の祖母譲りの髪と瞳の色が原因で、男の子たちから虐められて以来、私はすっかり弱気な性格になってしまったのだから。

容姿は完全に日本人だというのに、黒髪の集団の中でひときわ目を引くブルネットの髪や、光の加減で茶色に見える瞳が、酷く異質に映ったのかもしれない。

「美咲がかわいいから、みんな気になっちゃうのよ」と母は慰めてくれたけれど、毎日のように大声で囃し立てられたり、髪の毛を引っ張られた私にとって彼らの行為は、恐怖以外の何ものでもなかったわけで。

おかげで私はすっかり男性恐怖症。時間の経過と共に症状は軽減したものの、完全に克服することはできなかった。

そのせいもあって、就活は困難を極めた。男性面接官を前に緊張しすぎてしまい、結果に結びつかないのだ。

得意の英語を活かした仕事がしたいのに、全く採用されない。落ち込む私を見かねた父が「うちに入ればいい」と言ってくれたので就職だけはできたものの、この選択は間違いだったんじゃ……という思いが、入社直後から徐々に膨らんでいった。

なぜなら私が与えられた仕事は、コピー取りや資料の整理などの雑務ばかり。もとより父に秘書はおらず、大抵のことは一人でこなしてしまうし、スケジュール管理や出張先の手配などは母が行うから、私ができることは何もなかった。

人と対面せずに済むのは、たしかに気楽。だけど同期たちが仕事をこなす姿を見るたび、このままでいいのだろうかと疑問が湧いてくる。

悩んだ私は、秘書としての仕事を全うしたいと父に訴えた。

突然の宣言に両親は戸惑いの表情を浮かべ、言外に「無理はしなくていい」と諭されたけれど、私の決意は固かった。

「わがまま言ってることはわかってる。でも私ももう大人なの。社会人になってまで、お父さんやお母さんに守られてるのは、少し違う気がして……だからお願い！」

「美咲は相変わらず真面目なんだから」

「しかも死んだ親父に似て、変なところで頑固だしなあ」

長い話し合いの結果、母が受け持っている仕事を、少しずつ引き継いでいくことが決定。業務の中には来客や電話の対応など、他人と関わることも多い。

最初は緊張の連続で、いつも仕事が終わる頃には疲れてヘトヘト。それでも少しずつ慣れていき、こなせる仕事もだんだん増え、私はやりがいを感じ始めていた。

隼人さんに会ったのは、そんな頃だった。


その日は父のお供で、取引先の芝山工業が開催するパーティーに出席していた。

人が集まる場所は苦手だけれど、仕事だからと腹を括って父の後をついて回る。

「やあ、栗原さん」

父に声をかけてきたのは、パーティーの主催者である芝山社長だった。

和やかに挨拶を交わす二人。私も深々と礼をする。ゆっくりと頭を上げると、芝山社長の後方に立つ男性と目が合った。

年齢は多分、私よりも少し上くらい。驚くほど背が高く、百八十センチはゆうに超えているような気がする。恐ろしく足が長い。しかも。

――イケメンだぁ……。

ただ立っているだけなのに、圧倒的なまでのオーラを放っている。

アップバングスタイルにした艶やかな髪。切れ長の目が理知的な印象を与えている。スッと通った高い鼻も、キュッとしまった顎のラインも、どこからどう見ても完璧な、理想のイケメンがそこにいた。

なぜか彼から目が離せない。

しかもどういうわけか、彼も私を見つめている。

目をそらすことも、注がれる視線を躱すこともできず、ただただ彼と見つめ合う。

時間にしたら、多分一瞬。けれどそのひとときが、永遠のものに感じられる。

身動ぎ一つできずにいる私を見て、不意に彼が口角を上げた。キリッとした目が、柔らかい弧を描く。

破壊力抜群の笑顔に、ヒュッと息が詰まる。

胸が激しくざわめいて、これまで抱いたことのない不思議な感情が、どんどん湧き上がってくるのがわかった。

「芝山さん、そちらは？」

父の声にハッとする。初対面の男性と見つめ合っていたという事実が恥ずかしくて、ソッと目を伏せ彼の姿を視界の隅へと追いやった。

「あぁ、失礼。こちらは伊波(いなみ)隼人さん。栗原さんにご挨拶したいとおっしゃるので、お連れしたんですよ」

「初めまして。INAMIハウジングの伊波隼人と申します」

「あっ、こ、これはどうも。栗原工作所の栗原です」

焦りながら握手を交わす父。それも仕方のないことだろう。

INAMIハウジングといえば、日本国内でその名を知らない人はいないとまで言われているほどの、大手総合住宅メーカー、INAMIホールディングスの子会社だ。

名字を聞いた限り、彼は経営者一族の一人なのだと思う。雲の上の存在とも言える人が、小さな町工場の社長に挨拶したいなんて。

第一なぜ、うちのことを知っているの？　頭の中に疑問符が飛び交う。

「突然申し訳ありません。実は芝山工業さんに、ＩＮＡＭＩブランドの監視カメラを新規で製造していただきまして」

監視カメラと聞いて合点がいった。以前、芝山工業からカメラ部品の注文があったのだ。

大量受注、しかも金型から新しく作る必要があるというのに、納期がかなりタイトだったこともあり、私もよく覚えていた。

「現在、防犯対策に特化した住宅ブランドの準備を進めているのですが、高性能かつ家の外観を損ねないデザインの物が作れないかと考えましてね」

結果、既存製品のＯＥＭではなく新規で製作することが決定。内部部品の製造を行っている芝山工業に大量の発注があり、うちにも仕事が回ってきたというわけだ。

「納期割れせず納品できたのは、栗原工作所さんの仕事が早かったおかげだとお聞きしまして。本日は社長もいらしていると知り、ご挨拶に伺った次第です」

「あ、いや。それはどうも、ご丁寧にありがとうございます」

「これを機にお近づきになれれば幸いです」

「うちと、ですか？　ですがうちはしがない町工場で、ＩＮＡＭＩさんとお付き合いできるような会社ではないんですが……」

「ご謙遜を。下町の工場が持つ卓越した技術や品質の高さは、世界が注目し、評価するところ。特に栗原工作所は信頼できる会社だと、芝山社長から伺っておりますよ」

手放しで絶賛されて、父も悪い気はしないようだ。芝山社長も交えて、しばしものづくりについて歓談していたけれど、伊波さんの秘書と思われる女性が「社長、そろそろ……」と声をかけてきた。どうやらこの後、予定があるらしい。

「大変名残惜しいですが、今日はこの辺りで失礼します。ですが今度、日を改めてまたお話しさせていただけませんか」

伊波さんの申し出は、父だけでなく芝山社長と私をも驚かせた。まさか別日を設けてまで、父と話がしたいだなんて思いもしなかったからだ。

「私のほうは直近ですと——」

なんてことを言いながら伊波さんはスーツの内ポケットから名刺を取り出すと、そこにサラサラと何かを書いて、なぜか私に手渡してきた。

「ご連絡、お待ちしております」

蕩(とろ)けたような笑みを向けられて胸が早鐘を打つ。イケメンの笑顔がこんなにも心臓に悪いとは思わなかった。

「それでは、また」

伊波さんは小さく会釈をすると、秘書を伴ってその場を後にした。

人混みに消えていく背中を見送りながら、父が「凄いオーラだったな」と呟く。

「彼、まだ二十代なんですけどね。威風堂々としていて、さすがはＩＮＡＭＩの後継者だけのことはある」

「後継者！　だからあの年齢で、ＩＮＡＭＩの子会社を任されてるんですかね」

「血族だからというのもあるんでしょうけど、本人もかなりのやり手なんですよ。ボヤボヤしてたらすぐに足下を掬われるから、こちらも必死でしてね」

苦笑しながら語る芝山社長。防犯カメラ開発の際も、いろいろあったのだろう。

「美咲。明日にでもメールしておいてくれ。当たり障りのないものでいいぞ。どうせ社交辞令だろうからな」

はいと答えて、いただいた名刺をチラリと見ると、そこにはメッセージアプリのＩＤと、携帯番号が書き加えられてあった。仕事用の番号とメールアドレスは、名刺に印刷されている。もしかしてこれって、伊波さんの個人的な連絡先？

どうしてこんなものを書き加えたのだろう。こちらに連絡しろということ？

彼の意図が掴めず、もらった名刺を手に首を捻ることしかできない。

翌日、私は父に指示されたとおり、伊波さんに連絡を入れた。送り先は、名刺に印刷されていたほうのメールアドレス。当たり障りのない挨拶の後に、伊波さんのご都合のよろしいときにお誘いくださいと書いて送信すると「それでは早速、来週水曜日にでも」と書かれた返事が届いて、私と父は目を剥いた。

天下のＩＮＡＭＩが、下町の小さな工場の社長と話したいと本気で思っていたなんて、考えもしなかったのだ。

思わぬ事態に父はすぐさま芝山社長に連絡を入れ、結局は父と伊波さん、芝山社長の三者で会うことが決定したのだった。

「父さん一人で行ってくるから、美咲は家で休んでていいぞ」

「いいの？」

「仕事の話にはならなそうだしな。もしそういった話が出たとしても、うちに直接注文が来るわけじゃないし」

栗原工作所の直接の取引先は、製品の製造を行う企業。ＩＮＡＭＩのような大手メーカーに直接販売することはない。仕事関係の会食だったら私も勉強になるだろうけれど、そうじゃない場合は無理に同席する必要はないと父は言った。

「それに美咲を同伴して、あの御曹司がコナかけてきたりしたら、いけないからな」

あの圧倒的オーラを放つイケメンが？　私にコナって……。

「あり得ない」

心の声が、思わず口を衝いて出た。

だってあんなに素敵な人が、私を相手にするわけがないもの。

父の親馬鹿ぶりには本当に呆れてしまう。

とはいえ私としても、同席しなくていいなら、それに越したことはない。

冷然とした鋭い眼差し。けれど瞳の奥に潜む激しい熱が、私に不思議な感情を抱かせる。体の奥に火が灯ったように全身が火照り、鼓動がどんどん早くなっていく。

今だって伊波さんのことを思い出しただけで、ドキドキが止まらないというのに、一緒に会食だなんて絶対無理よ。

だから父の言葉をありがたく受け取って、会食には行かなかったのだけれど。

「今度また伊波社長と会食することになったんだが、次は美咲も同席しろって……」

伊波さんとの会食を終えて帰宅した父が、バツの悪そうな顔をしてそう告げた。

父の話では、私がいないことに気づいた伊波さんは挨拶もそこそこに「秘書の方は？」と尋ねてきたらしい。

ただの会食だから今日は帰宅させたと父が言うと、彼は一瞬何か言いたげな表情を浮かべたものの、すぐにものづくりや流通の話題で盛り上がったそうだ。

「だけどな、伊波社長が突然、こういった話は秘書の方にもぜひ知っておいてもらったほうがいいんじゃないか、とか言い出して」

「私？」

「どうやら芝山社長が、美咲がうちの娘だって教えたみたいでさ。栗原の人間ならば、こういった知識を積極的に吸収したほうが、仕事の役に立つだろうって」

現に伊波さんは、秘書を連れてきていたらしい。

「どうしても、行かなきゃだめ？」

なんとか断る方向で話を進めてみたけれど、伊波さんに押し切られた父は、次回は私も連れて行くことをすでに了承してしまったのだとか。

「伊波社長の押しが予想以上に強くてな。芝山さんが前に、ボヤボヤしてたらすぐに足下を掬われるなんて言ってたけど、あれは誇張でもなんでもなかった」

「しっかりしてよ、お父さん」

「とりあえず一回だけでいいから。その後は、何かしら理由をつけて断ったっていい。

美咲が直接断れば、伊波社長も無理強いはしないだろう」

また、伊波さんに会う。ただそれだけで、なぜこんなにも胸が騒ぐんだろう。

その理由を考えてみたけれど、答えは一向に見つからなくて。

不可解な現象の正体がなんなのか、見当もつかないまま迎えた会食当日。

「お待ちしておりました。やっとお目にかかれましたね」

女将に案内された座敷に到着するなり、伊波さんが私に向かって声をかけてきた。

まさかいきなり話しかけられるとは思わなくて、頬がカッと熱くなる。

返事をしなきゃと思うけれど、胸が詰まって言葉が出ない。それでもなんとか頑張って「お世話になっております」とだけ答えた。それだけで、もう精いっぱいだ。

伊波さんの前では、どうしてこんなふうになっちゃうんだろう。まれに見るほどのイケメンだから？　圧倒的なオーラがあるから？

赤面した顔を見られたくなくて、パッと俯いた。考えてみれば酷く失礼な態度だけれど、しょうがない。

伊波さんはそんな私を咎めることなく、今度は父に向かって朗らかに挨拶をした。

父は私の様子に気づかないようで、伊波さんと握手を交わしている。

談笑する二人をぼんやり見つめながら、ジャケットの裾をキュッと握りしめた。

伊波さんに会っただけで、こんなにも心が騒がしくなってしまう。不可解な心の揺れ。自分で自分がわからない。

内心葛藤している間に芝山社長も到着し、和やかな雰囲気で会食は始まった。

参加者は父と私、芝山社長、それから伊波さんと秘書さん。芝山社長は秘書がおらず、お一人での参加だったので、計五人という面子だ。

伊波さんの秘書は成田さんという女性で、知的な雰囲気が漂うクールビューティー。一見しただけで、できる女性の空気がビシビシと伝わってくる。

できるだけ存在感を消して、座敷の隅で静かにしていようと決意した。

会話は主に男性三人で交わされて、私と成田さんは聞き役に徹するだけ。そのことに安堵しながら、会話の内容に耳を傾けた。

話題は主に製造業のこれからや流通構造の変化について。

私だって腐っても工作所の娘。話に充分ついていけるだろうと思いきや、三人の話す内容が思っていた以上に難しすぎて、正直半分も理解できなかった。チラリと成田さんを見ると、彼女は涼しい顔をしてときおり相槌を打ったりしている。私一人が何もわからずこの場にいることが恥ずかしくて、いたたまれない気持ちになった。

そんな私をよそに三人の話は留まるところを知らず、大いに盛り上がったわけだけれど、水物を食べ終えたのを機にようやくお開きとなった。女将から、手配していたタクシーが到着したことを告げられて、一同は玄関に向かって歩みを進める。

自分の至らなさを反省しながら、皆の最後尾をついて歩いていると、伊波さんが突然「あれ」と声を上げた。

「しまった。スマホを忘れてきたようだ」

「社長、私が」

成田さんがそう言ったけれど、彼女はすでに靴を履いている。一番後ろを歩いている私のほうが成田さんよりも部屋まで近いし、それにまだ靴を履いていない。

「私が取ってきます」

せめて、これくらいは役に立ちたい。忘れ物を取りに行くくらいで挽回できるとは思わないけれど、何かしなくてはという一心だった。

「栗原さん、申し訳ないけどお願いできるかな？」

「すぐに戻りますから」

伊波さんの笑みに深く頷き、急ぎ足で部屋へ戻る。スマホはきっと、伊波さんが座っていたところにあるだろう。早くしないと、皆さんをお待たせしちゃう。

やや焦りながら伊波さんが座っていた辺りを探したけれど、スマホは見当たらない。

どこだろうと見回していると。

「栗原さん」

突然の声に驚いてバッと振り返ると、なぜかそこに伊波さんが立っていた。

「驚かせてごめん。ところで、どうして連絡をくれなかったの？」

「え？」

「連絡、ずっと待ってたんだけどな」

「弊社からのメール、届いていませんでしたか？」

「違うよ。君からの連絡」

思いもよらない言葉に、頭の中が疑問符でいっぱいになる。

「君と話がしたいと思って、名刺に俺の連絡先を書いておいたのに」

そういえば以前渡された連絡先に、伊波さんの携帯番号とメッセージアプリのＩＤが書き加えられていたのを思い出す。

「直接お電話でお返事を差し上げたほうが、よろしかったですか？」

私がそう問うと伊波さんは「うーん」と考える素振りをして、

「会食の話はメールでもいいけど、俺としては君個人から連絡がほしかった」

そう言ってニヤリと笑った。

「私個人、ですか……？」

「初めて見たときからずっと、君に興味を抱いていたんだ。栗原美咲さん」

一歩近づき、私の顔を覗き込む伊波さん。

熱い眼差しに射貫かれて、ヒュッと息が詰まる。

「な、なんで、私なんかに……」

詰められた分後退りながら振り絞るように声を出すと、伊波さんは蕩けるような笑みを浮かべながら、また一歩近づいてきた。

目前に迫る、端整な顔。体中の血が一瞬で沸騰しそうな気がした。

朱に染まる頬を両手で押さえる私とは対照的に、伊波さんは余裕綽々。ゆっくりと開いた彼の口から、爆弾発言が飛び出した。

「一目惚れ、って言ったら信じるかな」

伊波さんが、私に……？

まさかの言葉に頭の中が真っ白になる。

「あり得ません」

「そんな即座に否定しなくても」

苦笑する伊波さんだけど、本当に信じられないのだから、しょうがない。

「俺自身、誰かに一目惚れするなんて想像すらしなかった。でもたしかにあのとき、君に一瞬で目を奪われたんだ」

緊張がありありと見て取れる表情。触れたら消えてしまいそうな儚い佇まいに、庇護欲が一気にそそられた……と、伊波さんは歌うように言葉を紡いだ。

「俺を見て恥ずかしそうに俯いたのもグッときて。俺の周囲はグイグイ迫ってくる女性ばかりで、正直うんざりしてたんだ。清楚で初々しい感じも、凄く印象に残った」

「それは、あぁいう場に慣れていなかったから……それに私は清楚じゃなくて、単に地味なだけです。ほかの方々が華やかだった分、悪目立ちしていたんだと思います」

「それは違うよ。パーティーに参加していた女性たちは、必要以上に自分を飾り立てていたとは思わないか？　ある種の圧さえ感じて、本当に苦手なんだ」

だから随分と落ち着いた外見をしている私が、余計気になってしまったらしい。

「仲良くなるチャンスと思って個人の連絡先を渡したのに、そっちには待てど暮らせど連絡が入らないから、随分と落ち込んだよ」

「そ、それは……申し訳ありません」

「というわけで、スマホを出してくれる？」

「え？」

「君のスマホ。今持ってるよね」

わけもわからず、言われるがままにバッグからスマホを取り出すと、彼は「俺と同じ機種だ」と笑みを零した。

「パスコードは？」

言い方は丁寧だけれど、その声音には拒絶を許さない強い意思が感じられる。焦り、混乱した私は、つい素直にパスコードを伝えてしまった。彼は私のスマホをサッと取り上げると、何やら操作している。

「はい、これ。俺の携帯番号。メッセージアプリのＩＤも登録しておいたから」

返却されたスマホの画面を見ると、連絡先に伊波さんの名前が表示されている。

「ここをタップすれば」

伊波さんが通話ボタンを押した瞬間、コール音がした。私のスマホからではない。

伊波さんはニイッと笑いながら、スーツの内ポケットに手を入れ……すると中から出てきたのは、私と同型のスマホだった。コール音は、そこから響いている。

「さっき、スマホを忘れたって言ってましたよね!?」

「ごめん。嘘をついた。君と二人きりになる機会がほしくて、つい」

堂々と言い切った伊波さんに、開いた口が塞がらない。

「会食の席に来てもらったはいいけれど、やっぱり二人きりにはなれなかったから」

「だからって、こんな……」

「これしか方法がなかったとはいえ、真剣に捜している君の姿を見て、申し訳ないことをしたって気が咎めたよ。もうこんなことは二度としない」

頭を深々と下げて謝罪する伊波さんに面食らっていると、廊下のほうから「美咲ー」と私を呼ぶ父の声がした。

「時間切れかな」

伊波さんは残念そうにそう言うと、私の肩をグッと掴んで引き寄せた。

「近いうちに連絡するから。今度はちゃんと、個人の連絡先に返信して」

耳元で囁かれた言葉。艶のある低音ボイスに、背筋が震えた。

「約束だよ」

艶然とした笑みを浮かべた伊波さんは、ゆっくりと去って行った。

私はというと、あまりの衝撃に全身が硬直し、立ち尽くすことしかできなくて。

——今のって、一体……。

理解不能な出来事の連続に、思考が全く定まらない。

『約束だよ』

去り際の声が脳裏に蘇(よみがえ)って、頬がジワリと熱を持つ。

伊波さんはどうしてあんなこと……。

必死に考えてみたけれど、答えに辿(たど)り着けるはずもなく。

去って行く伊波さんの背を、ただただひたすらに見つめ続けたのだった。


伊波さんから連絡が入ったのは、翌日の昼過ぎのこと。お昼に行こうとしていると、スマホがメッセージの着信を告げた。

画面に表示される伊波さんの名前に、またしても心臓が跳ねる。

恐る恐るアプリを起動させると、昨日のお礼を伝える文面から始まり、次いで、

「よかったら今度、食事に行きませんか」

というお誘いの言葉が。

また会食の席に来いってことかしら。けれど話の半分も理解できなかった私だ。行ったところで話に加わることはできず、ただ座っているだけになるだろう。これでは全く意味がない。

幸い父も断っていいと言っていたので、意を決してメッセージを返信した。

「せっかくのお誘いですが、今の私では却って皆さまのご迷惑になりかねません。も

う少し個人で勉強してから、参加させていただけたらと考えております」

何度か読み返し、誤字脱字がないことを確認してから、送信ボタンを押す。

直後、ピコンと軽快な電子音が鳴った。

『勉強って？』

『もしかして会食のこと？』

『違う、そうじゃなくて』

物凄い勢いで立て続けに入るメッセージに驚いていると、着信を告げる画面に切り替わった。表示されているのは、伊波さんの名前だ。

どうしよう、出たほうがいいのかな。迷いながらもタップすると、間髪いれずに
『違うから！』と大きな声が響いた。

「え、あの、伊波さん？」

『美咲さん、絶対勘違いしてるよね』

「何が、ですか？」

『二人きりで食事に行こうって誘ってるんだよ』

「えっ……えぇぇっ!?」

伊波さんと二人で食事？　まさかのお誘いに、唖然とする。

『なのに会食と勘違いするなんて、ちょっと落ち込むなあ』

そうは言われても、伊波さんが私なんかを食事に誘ってくれるなんて、思ってもみなかったんだもの。

『恵比寿に美味しいフレンチの店があるんだ。よかったら今度の金曜日、仕事終わりに待ち合わせしない？』

「その日は特に予定はありませんけど、ちょっと待ってください。どうして私を？」

『昨日も言ったよね。君に一目惚れしたんだって。そんな理由じゃ不服かな』

「本気だったんですか？」

伊波さんは私にとって、雲の上の人物ともいえる存在。そんな人に一目惚れなんて言われても、俄には信じがたいわけで。

『だったら余計に、食事をしてもらわなくちゃならないな。俺がどれだけ君に夢中か、直接知ってもらったうえで判断してほしい』

「一体、何を？」

『俺の恋人になってくれるかどうかの判断』

恋人って……まさか私が伊波さんの!?

『俺は君に一目惚れした。恋人になりたいと思ってる。こういう趣旨の内容だから、ほかの人も同席する会食ではなく、二人きりで話がしたい。だから今度の金曜日に会いましょう――ここまで詳しく説明すれば、もう勘違いすることはないかな』

「え、あっ、はい」

『よかった。じゃあ今度の金曜日。時間は十八時でどう？　とりあえず恵比寿駅まで来てくれれば、駅まで迎えに行くよ』

一気に捲し立てられ、その勢いに呑まれた私は思わず「はい」と返答してしまった。すぐにしまったと思ったけれど、時すでに遅し。

『よかった！　じゃあ金曜日に。会えること、楽しみにしてるよ』

伊波さんはそう言って、通話を終了した。無音になったスマホをジッと見つめる。

情報量が多すぎて、状況が上手く呑み込めない。脳内を必死に整理するけれど、頭の中がフワフワ不思議な感覚に陥って、思考が全く定まらないのだ。

「どうしよう……」

いったん冷静になろう。こんな状態じゃ、午後の仕事に支障を来すかもしれない。

落ち着け……落ち着くのよ、私……。

けれど何度深呼吸をしても、気持ちが落ち着くことはなく、それればかりか。

『俺は君に一目惚れした。恋人になりたいと思ってる』

伊波さんの声が、頭から離れない。

いくら私の察しが悪かったとはいえ、あんなはっきりと言わなくてもいいじゃない！　なんて彼をちょっぴり恨んでしまう。

「金曜日……」

つまり明後日（あさって）、伊波さんと会う。それも二人きりで。

そのときは電話越しじゃなく、直接顔を見ながらあんなこと言われちゃうのかな。

考えただけで、恥ずかしさがこみ上げて、逃げ出してしまいたくなる。

けれど彼の口からもう一度、直接聞いてみたいと思う自分もいたりして。

「どうしよう」

揺れる気持ちを制御することができず、泣きたい気持ちにさえなってしまう。

赤面した顔は、まだまだ収まりそうになかった。

2

そして金曜日。定時に仕事を終えた私は、約束どおり恵比寿で伊波さんと合流。

連れて行かれたのは、有名な超高層ホテルだった。まさか、ここで食事するの!?

「じゃあ入ろうか」

「ハイ……」

あまりの驚きに、頭が考えることを放棄した。

「季節の食材をふんだんに使ったオリジナルメニューがウリの店でね。料理だけじゃなく、夜景も見事なんだ。気に入ってくれるといいんだけど」

伊波さんの言うとおり、通された席から見える夜景は本当に美しかった。

夜空の星を映したかのような無数のビル灯り。鮮やかなネオンの間を、車のライトが流れ星のように通り過ぎていく。正面に見える東京タワーの赤が、ひときわ存在感を放っていた。

夜の街を眩いほどに照らし出す光の饗宴に、我を忘れてしばし見惚れる。

程なくして運ばれてきたシャンパンで乾杯をした。口に含んだ瞬間、鼻孔の奥まで広がるふくよかな香り。フルーティーだけど甘すぎず、スッキリとして呑みやすい。

「シャンパンがこんなに美味しいって思いませんでした」

ホッと息をついて言うと、伊波さんは「よかった」と言って嬉しそうに笑った。

こんな最高の場所で、素敵な男性と楽しむ豪華な食事……まるで夢のよう。

だけど逆にそれが新たな緊張となって、何を話したらいいか全くわからない。ひたすら黙して食事に没頭し続けることしかできなかった。

「美味しい？」

「は、はい……とても」

「ならよかった。ずっとだんまりだから、口に合わないのかと内心ドキドキしたよ」

「ごめんなさい。私、男の人とあまり喋（しゃべ）った経験がないから緊張しちゃって……」

「喋ったことがない？」

「女子校に通っていたので、男性とお近づきになったことがほとんどなくて」

男の子に恐怖心を抱いて怯（おび）える私を心配した両親は、私立の女子校の付属幼稚園に転園させてくれたのだ。周りは女の子だらけ。エスカレーター式で進学できたため、短大を出るまで家族や先生以外の男性と、食事はおろか会話もしたことがないまま、現在に至ることを説明した。

「そうだったんだ。もしかして今も俺と二人きりで緊張してる？」

「はい……せっかく誘っていただいたのに、すみません……」

「謝らないで。そうとは知らず、強引に誘った俺が悪かったんだから。そうだ。美咲さんがいろいろ教えてくれたお礼に、今度は俺の話でもしようか」

「伊波さんのお話、ですか？」

「俺がどういう人間かを知ってもらえれば、緊張も解れるかなって思って」

そう言って伊波さんも、子どもの頃のことをいろいろ話してくれた。

意外なことに伊波さんは高校までずっと公立の学校に通っていたらしい。ＩＮＡＭＩの顧客となる一般の方の暮らしや考えを知ることが重要という、お父さまの考えがあったそうだ。

幼馴染みたちとは今も定期的に呑み会を開いて、意見交換をしていると知って驚く。

そういえば伊波さんは、父や芝山社長とも会食をするなど、さまざまな分野に目を向けている。自分の仕事のことだけでなく、広い視野で物事を考える人だということがわかると同時に、真面目な努力家なのだと率直に思った。

自分の立場にあぐらをかかず、貪欲なまでに学ぼうとする伊波さんは、外見やステータス以上に魅力溢れる人なのかもしれない。

彼の巧みな話術のおかげもあり、その後は会話も弾んで楽しいひとときを過ごした私たち。食後の飲み物が運ばれてきたところで、伊波さんが口を開いた。

「それで、今日の本題なんだけど」

改めて言われて、ドキッとする。

「本気、なんですか？」

「もちろん。君に一目惚れしたのも、恋人になりたいっていうのも、全部本気だよ。だから美咲さんも、俺のことを真剣に考えてくれないか」

それはもう、すでに考えている。告白されてからずっと。

私は伊波さんをどう思っているんだろうって。

その末に辿り着いた、一つの答え。さすがの私だって、気づいてしまった。

きっと私も、伊波さんのことを……。

だけど――だからこそ。

「私じゃ伊波さんに相応しくないと思うんです」

改めてわかった。有名ホテルも、綺麗な夜景も、美味しいディナーも、あまりに非日常すぎて現実感が伴わない。全てが絵空事のように感じてしまったのだ。

生活スタイルも環境も、伊波さんとは全然違う私だ。きっとそのうちガッカリされて、振られるに決まってる。そんなことになったら、絶対に立ち直れない。

落ち込んで泣くくらいならいっそ、最初から受け入れなければいい。

そうすれば、自分の心は守れるから。

「本当に、ごめんなさい」

深々と頭を下げて謝罪した。

「美咲さんは、自分を過小評価しすぎている」

「そんなことは」

「ないとは言わせないよ。現に俺は君を想うだけで、感情の高ぶりが抑えられないんだから。他の男に渡したくないなんて感情を抱いたのは、君が初めてなんだ」

圧倒的な色気を滲ませながら、熱っぽい目で私を見つめる伊波さん。これまでにないほど真剣な眼差しからは、嘘など微塵も感じられない。

グラリと揺れそうになりながらも、なんとか踏み留まる。

「そこまでおっしゃっていただけるのは嬉しいですけど……でも、やっぱり……」

「どうしても？」

「私は本当につまらない人間ですし、すぐに冷めますよ。絶対」

「まだ数回しか顔を合わせたことのない俺の言葉が、信用できないのも理解できるよ。

もしも俺が美咲さんの立場なら、同じように思ったかもしれないし」

「すみません……」

「いや、責めてるわけじゃないから謝らないでくれ」

美しい所作でコーヒーを飲み干した伊波さんは「じゃあそろそろお開きにしようか」と言って身支度を始めた。

私もとっくに紅茶を飲み終えていたし、いつまでもここにいるのも落ち着かないから、伊波さんの言葉に素直に従う。

帰りは駅から電車を使おうと考えていたけれど、お酒を呑んでいるから送ると言う伊波さんに押し切られ、車で送ってもらうことに。

駐車場に向かうと、そこには超高級外車が待っていた。街灯に照らされて艶やかに光り輝く黒いボディ。重厚感のあるクラシカルなデザインは、いかにもお金持ちが乗る車！　といった風情が漂っている。

呆然としていると中から運転手さんが出てきて、ドアを開けてくれた。マンガや映画で見たような光景。ヒェッと声を出さなかった自分を褒めてあげたい。

「さぁ、乗って」

伊波さんに促されて中に入ると、車内には甘い香りが仄かに漂っていた。芳香剤まで高級っぽい気がする。

シートもフカフカで座り心地がいいけれど、それを堪能するだけの余裕はない。むしろカチコチに固まって、緊張で手に汗握るドライブとなってしまった。

自宅に到着したときは、盛大に安堵の息を漏らしたほどだ。

夢のようなひとときも、これでお終(しま)い。こんな経験、もう二度とないだろうな……なんて考えながらシートベルトを外していると、目の前に手が差し伸べられた。

「せっかくご自宅まで来たんだから、栗原社長にご挨拶をさせていただこうかな」

「父はそういうの、気にしないと思いますけど」

それに運転手さんを待たせるのは申し訳ない……と思ってお断りしたのだけれど、伊波さんは頑として譲らなかった。

「いや。こういうことは、きちんとしておかないと。基本中の基本だからね」

挨拶はビジネスの基本というわけか。さすが伊波さん。

そうまで言われたら断り続けるわけにもいかず、差し出された手をオズオズ取ると、伊波さんは満足げな笑みを浮かべて玄関までエスコートしてくれた。

「さっきの話なんだけど」

玄関まで十歩ほどの距離になったとき、伊波さんが不意に口を開いた。

「美咲さんは、俺が本気じゃないって言ったよね」

今さら蒸し返してくるとは思わず、ちょっと驚いた。

「本気かどうか見極めてもらうには、時間が足りなすぎた。これは俺の判断ミスだ」

「はぁ」

「けれど時間をかけるほど、君が俺から距離を置こうとすることは、容易に予想できる。だから最短かつ一番わかりやすい方法で、君の信用を勝ち取ることにするよ」

ニイッと笑う伊波さん。何ごとかを企んでいるような笑顔に、嫌な予感がした。

「あの、それはどういう」

けれどその言葉を、最後まで紡ぐことはできなかった。

伊波さんがインターフォンを押したのだ。

音が鳴り終わると同時に、中からドスドスと大きな足音が聞こえてきた。

「美咲！」

勢いよくドアを開けたのは父だった。

「連絡くれれば迎えに行ったのに……って、伊波社長？」

予想だにしなかった人物がいるものだから、父も困惑している。

「お世話になっております。今日はお嬢さんと夕食をご一緒させていただきまして」

「美咲が出かけた相手は、伊波社長だったんですか？」

家族には今日誰と会うか伝えていなかったから、父の驚きもひとしおなのだろう。

「お嬢さんにお話ししたいことがありまして、食事に付き合ってもらったんです」

「話、ですか。仕事のことなら私に直接言ってくだされば」

「いえ、そういった類いの話ではありません。実は美咲さんと真剣な交際をさせていただきたいと思い、気持ちを告白させていただきました」

腰を九十度に折って深々と礼をした伊波さんに、ヒュッと息を呑んだ。

まさか伊波さんが、父の前でそんなことを言うなんて！

いつの間にか玄関まで出てきていた母が「あらあらあらあら」なんて楽しそうに言っている横で、父は呆然と立ち尽くしたまま絶句している。

「突然このような話をして、申し訳ありません。ですがご両親にも、私がどれだけ美咲さんを本気で想い、真剣なのかを知っていただくのが一番かと思いまして」

みるみる表情が険しくなる父とは対照的に、母が「まぁ！」と喜声を上げる。

「こんな玄関先じゃなんですから、中で詳しくお聞かせいただけます？」

怒りに震える父を押しのけて、母は伊波さんをリビングへと案内してしまった。しようがなく、私も後ろを追いかける。騒ぎを聞きつけた弟の健吾（けんご）までもがやってきたものだから、リビングはあっという間に人でギュウギュウになった。

「それで」

全員がソファに座ったのと同時に、まずは父が口を開いた。

「美咲と真剣交際がしたいとおっしゃるんで？」

「はい。こんなにも心動かされた女性は、美咲さんが初めてなんです」

伊波さんはレストランで話したようなことを、両親の前でもう一度語った。

「私がどれだけ美咲さんを想っているか、ご理解いただけましたでしょうか」

「まあ、大体は……しかし美咲との交際を許すかと言ったら、話はまた別ですが」

「お父さん。私、伊波さんにはちゃんとお断りしてて……」

「あら、やだ。もったいない」

そう声を上げたのは母だ。

「いくら昔のトラウマがあるって言っても、そろそろ恋愛に興味を持ってもいい年頃よ。しかも相手が伊波さんなんて素敵じゃない。それを断るなんてねぇ」

「母さんは黙っていなさい！」

「お父さんだって伊波さんのことを褒めてたじゃない。伊波社長は将来大成するだろうって。健吾も彼のような男になってほしいもんだ、なんて言ってたくせに」

「母さん!!」

父は真っ赤になって母の話を遮った。どうやら今の言葉は真実らしい。

「美咲はどうしてお断りしたの？　伊波さんじゃ不足？」

「そんなわけないでしょう！　ただ、私は伊波さんに相応しい人間じゃないし……」

「相応しくないとはなんだ」

口をへの字にして、そっぽを向いていた父が身を乗り出した。

「美咲はどこに出しても恥ずかしくない子だと、父さん自信を持って言えるぞ。少し内気で人見知りなところが玉に瑕だが、最近は社会人として頑張ってるじゃないか」

「そうよ。ちょっと頑固だけど素直に育ってくれて、親としては鼻が高いんだから。伊波さんを惚れさせたほどの女なんだって、もっと胸を張りなさい」

「だけど伊波さんほどの人が、私なんかを本当に好きになってくれるわけが……」

「俺の美咲さんに対する想いは本物だよ。ご家族にも自分の気持ちを打ち明けるなんてこと、伊達や酔狂でできないって」

つまり生半可な気持ちで、この場にいるわけじゃないんだ……そう語る伊波さんの目から、真剣な気持ちが伝わってきた。

頬がジワジワ熱を持つ。羞恥で顔が上げられない。

「伊波さんって結構強引なんだ」

健吾がケラケラ笑って揶揄うと、母が「あら、いいじゃない」と口を挟んだ。

「美咲はおっとりしてるからね。伊波さんくらいグイグイ引っ張ってくれる男性がちょうどいいのよ。それで、美咲はどうするの？　伊波さんとお付き合いするの？」

「母さん、それは早計すぎる。第一、二人はまだ知り合って間もないんだから。まずは交際の前に、適度な距離を保ちつつ、お互いを知るところから始めるべきだ」

「あら。お父さんなんて、私と出会って数時間後に、口説いてきたくせに」

「母さん！」

さっきよりも真っ赤な顔で大声を上げる父。まさか、本当に？

「時間なんて関係ないわよ。要はフィーリングでしょう？　それに付き合ってみないとわからないことだってたくさんあるし、まずはお試し三ヶ月なんてどうかしら」

「通販じゃないんだから」

「いや、俺もお母さんの意見に賛成だな。三ヶ月付き合ってみて、改めて答えがほしい。結果、やっぱり受け入れられないとしても、そのときは潔く諦めるから」

「伊波さんが私に幻滅するかもしれませんしね」

「それは絶対ないな。君は俺が尊敬する栗原社長が、手塩に掛けて育てたお嬢さんだ。

俺は社長を心から信頼しているからね」

　居住まいを正した伊波さんは、両親に向かって「三ヶ月間、どうぞ見守ってください」と言って頭を下げた。

　伊波さんに「尊敬する」「信頼している」とまで言われ、母には過去の行動を暴露されてしまった父は、それ以上何も言うことができなかったらしい。うぅむと唸ってコクリと頷いた。

「美咲さんも、それでいいかな？」

　晴れやかな笑顔を浮かべる伊波さんを見て、前に芝山社長が「やり手」と称していたことを思い出す。

　たしかにこの人はやり手かも。

　これはもう、承諾する以外ないじゃない。

　こうして半ば流されるままに頷いてしまった感が、無きにしも非（あら）ずの私だったけれど、とにもかくにもお試し交際期間が幕を開けたのである。

　交際の申し込み自体は強引だったけれど、今まで男性と一度もお付き合いしたことがない私のペースに合わせてか、伊波さんは驚くほどゆっくり物事を進めてくれた。

お仕事が忙しいというのに、毎日欠かさずメッセージのやり取りをし、夜には時間が合えば電話で話した。

最初は何を話したらいいかわからず、おやすみの挨拶程度で切っていた電話も、回数を重ねるごとに通話時間が少しずつ長くなっていく。

そして週末は二人でお出かけ。私の行きたいところを中心にプランを練ってくれて、エスコートのとき以外は手を握らないどころか、指先一本触れようとしない。

健吾は「伊波さんって奥手なの？」なんて呆れていたけれど、恋愛初心者の私にはむしろ、これくらいのほうが緊張せずに済んでちょうどいい。

「俺だったら好きな子とベッタリくっつきたいとかって思うけど。姉ちゃんに本気って言ってたの、実は嘘なんじゃない？　弄ばれてないよな？」

「それはないと思う」

さすがの私もこの頃になると、まっすぐに向けられる熱い眼差しと、事あるごとに伝えられる愛の言葉に、伊波さんの想いの深さを実感するようになっていた。

だから彼の行動に疑問を持つことはない。

ちなみに弟の言葉を伊波さんに伝えると、彼は笑って、

「だって美咲さん、強引なのは好きじゃないだろう？」

と言った。そのとおりだったので、素直に頷く。

「でも健吾……弟が、『本当に好きな相手なら、つい手を出したくなるのが男ってもんだよ』なんてことも言って……伊波さんも、そうなんですか？」

その問いに伊波さんは「うーん」と考えた後、

「まあ、そういう気持ちがないとは言わない」

と素直に白状した。

「でも、あまり一気に詰められても混乱するだろう？　美咲さんがちょうどいいペースで進んでいければって思ってるよ。ただ一つお願いを聞いてくれると嬉しいけど」

「なんでしょう」

「美咲さんが俺のことを、本心から受け入れられたときには、キスしてもいい？」

「えっ」

「美咲さんの前では聖人君子でいられたらよかったんだろうけど、俺はただの人間でしかないから。いつか君とキスしたい。それ以上もしてみたいって、欲は持ってる」

欲って……！　だけど伊波さんもれっきとした大人。そういうことを考えたって、おかしくないのかもしれない。

「美咲さんは？　そういうこと、考えたことある？」

「私っ、あのっ……」

なんと言ったらいいかわからず、まごまごしている私の頭を、伊波さんはポンポンと撫でてくれた。

「ごめん、困らせちゃったね。こんな話されても嫌だってわかってたのに、ちょっと自制が利かなかった。今は絶対にそういうことしないって約束するから、安心して」

優しく微笑まれて、体の力が抜けていく。

「わかりました……でも」

俯いたまま、ポツリと呟く。

「嫌じゃ、ないです。私、伊波さんとなら……」

その言葉が終わる前に、伊波さんが私を抱きしめた。

彼が普段つけているトワレの香りが、いっそう濃く感じられる。

「ごめん、突然こんな……だけど嬉しくて」

手を握ったこともない私に、こんな抱擁はあまりに衝撃的で……けれど、振りほどく気にはなれなかった。

シャツ越しに感じる逞しい肉体と、伊波さんが齎す熱に頭の中がフワフワする。

返事をする代わりに、彼の背に手を回す。刹那、伊波さんの体がピクンと小さく跳ね、先ほどよりもずっと強い力で抱きしめられた。

——あぁ、私……伊波さんのこと、本気で好きになってたんだ……。

胸に宿った小さな恋情は、お試し期間の三ヶ月を過ぎる前に、たしかな愛へと変わっていた。まさか自分がこんなに早く恋に落ちるなんて、思ってもみなかったけれど、この気持ちに嘘はつけない。

互いの愛を確かめるように、私たちはいつまでも抱きしめ合ったのだった。


そして約束の三ヶ月が経ち、伊波さんは再び我が家を訪れた。

「お嬢さんと結婚を前提にお付き合いをさせてください」

深々と礼をした伊波さんに、父は口をあんぐり開けて絶句した。

まさか結婚なんて言われると思ってもみなかったのだろう。かくいう私も、伊波さんがそんなことを言い出すとは思わなくて、唖然とした。

「あらあら、じゃあ二人は相思相愛になったってこと?」

母はさすがだった。伊波さんの言葉に一瞬驚いた様子を見せたものの、すぐにいつもの調子に戻って私たちを祝福してくれた。

「一気に結婚前提のお付き合いなんて、美咲にしてはやるわねぇ」

「これは完全に私の独断で、美咲さんにもまだお話ししていなかったことなんです」

さすがの母も、この言葉には驚きが隠せない様子だ。またしてもなぜか同席している健吾も、父と同じ表情で伊波さんを見ている。

「ですが私は結婚したいと考えるくらい、美咲さんとの将来を真剣に考えております。プロポーズはまた後日改めて行いますが、今日は皆さまに私の気持ちを知っていただけたらと思いまして」

「……今すれば、いいんじゃないですかね」

伊波さんとの交際を一番反対すると思っていた父が、まさかの言葉を発した。

「こういうのは勢いも大事なんですよ。どうせもう、家族の前で宣言したんです。今がプロポーズのタイミングじゃないですか」

父は俯いたまま、ボソボソと言った。母と出会ってすぐ交際を申し込んだ父だ。時間をかけて、なんて頭はそもそもないのかもしれない。

「お父さんはそれでいいの？」

思わぬ発言に焦る私に、父は、

「いつかは美咲も嫁ぐ日がくるだろう。どこの馬の骨ともわからん輩よりは、身元がしっかりしていて為人もわかっている伊波社長のほうが、断然いいに決まっている」

と答えて、ガックリと肩を落とした。

「お父さん……」

「かわいい娘が親元から巣立っていくのが寂しいのよ。それより大事なのは美咲の気持ちでしょ。どうなの？　伊波さんと結婚する気はあるの？」

正直、そこまで理解が追いつかない。結婚だなんて突然言われても……。

だけど、したくないとは思えなかった。

いつか結婚するなら、相手は伊波さんがいい。

お父さんも言っていたじゃない。勢いも大事なんだって。

タイミングがあるならば、それはまさに今だと思う。

「私も、伊波さんと、結婚を前提に、お付き合いが、したい、です」

勇気を振り絞って言葉に出すと、伊波さんがポカンとした顔になった。

私の返答は予想外のものだったのだろう。あたふたとした様子で何かを言いかけては口を噤む……を何度か繰り返した後、急に「ごめん！」と謝罪した。

え、もしかして結婚を前提にって話は、冗談だったの？

一瞬で、リビングの空気が凍り付いた。父の拳がフルフルと震えている。

そんな雰囲気に一人気づかない伊波さんは、なおも焦りを募らせた様子で、

「すぐにOKしてくれるなんて……ごめん、改めてちゃんとプロポーズがしたい！」

と、まさかのプロポーズやり直し宣言。

「女の人って、一生の思い出に残るロマンチックなプロポーズに憧れるって言うよね？　夜景の見えるレストランとか、いや、クルーズ船を貸し切って、ああでもヘリの上も捨てがたい。とにかくもう一度やり直させてくれないか！」

必死の形相に、笑いが堪えられなくなった。

「今だって充分、一生の思い出に残るプロポーズですよ」

家族の前で公開プロポーズなんて、滅多に経験できることではない気がする。これで思い出に残らないほうがおかしいというもの。

「それに、大切なのは場所じゃないと思うんです。伊波さんが心からそう思ってくれた——私にとってはそちらのほうが重要ですから」

「美咲さん！」

感極まったらしい伊波さんは、家族の前にもかかわらず私を抱きしめた。

「一生大切にする。幸せにするって誓うよ！」

ギュウギュウに抱きしめられて、身動きが取れない。

「それはまだ早い！」と喚く父の声と、健吾の口笛が聞こえる。

リビングは一気に混乱を極めたけれど、それすら嬉しく思える私なのだった。

その後、伊波さんのご両親も交えて両家の食事会が行われ、話し合いの結果、入籍と身内だけの挙式を半年後に、披露宴は翌年の六月に行うことが決定した。

相変わらずのスピード感。だけどもう、動じることはない。

「六月か……長いな」

伊波さんはそう言うけれど、彼は一ヶ月後に海外視察を控えているうえに、帰国後も新規プロジェクトに携わることが決まっているのだ。当面は挙式なんてしている余裕もないくらい、多忙な日々が続くからしょうがない。

「美咲の夫は俺だって、一日も早く自慢して回りたい」

「伊波さんって、案外子どもっぽいところがあるんですね」

「そうだよ。こんな俺は嫌？」

「いいえ、伊波さんの新しい一面を知ることができて、嬉しいくらいですよ」

「ならよかった。けど美咲、何か忘れてないか？　俺のことは名字じゃなく名前で呼ぶって、決めたばかりじゃないか」

両家の顔合わせが済んだ後、そんな約束を交わしていたのだ。けれどつい癖で「伊波さん」と呼んでしまう。

「ごめんなさい、隼人さん」

「婚約者なんだから、名字で呼ぶなんて他人行儀なことはなしな。次に名前で呼ばなかったら、罰としてキスするぞ」

「罰以外で、キスはしてくれないんですか？」

「……いいのか？」

「むしろ、罰でされるほうが嫌です」

「ごめん。もう二度と罰でするなんて言わない」

謝る隼人さんの顔が、ゆっくりと近づいてきた。

頬に手を添えられるのと同時に、ソッと目を閉じる。

唇に、温かくて柔らかな感触。

——この幸せが、一生続きますように。

隼人さんの情熱を唇で感じながら、心からそう願ったのだった。

半年後、この幸せを自ら捨てて、一人逃げ出すことになるなんて思いもせずに——。

3

家事を全て終わらせて事務所に入ると、麻衣さんはすでに出勤していた。

「美咲ちゃん、早速で悪いんだけど、まずはメールの処理からお願いできる？」

「わかりました」

そう言ってPCのメーラーを立ち上げると、最近やり取りのある台湾（たいわん）のメーカーから連絡が入っていた。

らさいファームは生果のほかに、ジュースやシードルなどの加工品も製造販売している。出荷先は主に国内のショップや道の駅。ほかにも各地のショッピングモールや百貨店の物産展に出品しており、加えて十年ほど前からは海外への輸出も始めた。

海外とのやり取りは全て英文で行われるため、私がこの業務を一手に引き受けている。昔から憧れていた、英語に携わる仕事ができる喜びはひとしおだ。

PCに向かう私の背後で、洋介さんがほかの従業員に連絡事項を伝えている。

「――というわけで、関東地方でTV放映があったみたいだから、今後取材や見学者が増えると思うけど、みんなそのつもりで」

そんな声を聞きながら、メールの文面を丁寧に訳していく。

皆は取材時の思い出話に花を咲かせているけれど、事務所に籠もってカメラに写らないようにしていた私だけは話に加わらず、静かに仕事を続けた。

もしも私の姿がTVで放映されて、それが隼人さんや家族の目に触れたら……それを考えただけで、怖くて堪らなかった。そんな胸の内を察してくれた洋介さんと麻衣さんが、私だけは絶対に写さないようにと、取材クルーにお願いしてくれたのだ。

「ほらほら、お喋りはそろそろお終いにして、仕事始めるぞー」

洋介さんの号令で、各自持ち場へ移動した。私も引き続き、仕事に没頭する。

業務は滞りなく進み、全て終えて時計を見るとそろそろ終業時刻だった。

「もうこんな時間なのね」

午後から事務所で一緒に作業をしていた麻衣さんが、グッと伸びをしながら言う。

「あと三十分もすれば、子どもたちが帰ってきますね」

「そしたらご飯食べさせて、お風呂入れて、寝かしつけ……仕事後も慌ただしいわ」

そんなことを話していると、不意に廊下が騒がしくなった。洋介さんや男性従業員が大声で何か言っているのが聞こえて、私と麻衣さんは無言で顔を見合わせる。

「……何かあったみたいね。私、ちょっと見てくるわ」

麻衣さんが事務所を出た後も喧騒は収まらず、むしろどんどん大きくなっていく。

一体何が起こっているんだろう。若干の恐怖感を覚えたそのとき。

なんの前触れもなく、勢いよくドアが開いた。

驚いてドアに目を遣り——心臓が凍りついた。

「美咲！」

髪をやや乱し、肩で息をしながら私を見つめる男性。

「隼人……さん……？」

六年振りに見る、元婚約者の姿がそこにあった。

なんで？　隼人さんがどうしてこんなところに？　私、夢でも見ているの？

信じられない状況に混乱しきって、微動だにできない。

「美咲、美咲っ！」

あっという間に駆け寄ってきた隼人さん。何度も名前を呼ばれながら抱きすくめられて、ヒュッと息が詰まる。

刹那、鼻孔に広がる懐かしい香り。六年前と変わらない、トワレの匂いだ。

「美咲……やっと見つけた！」

耳に届いた声が、涙に潤んでいる。いつも堂々としていた隼人さんらしからぬ声。

呆然と立ち尽くす私の耳に「やめてください！」という麻衣さんの声が届いた。

「こんなところまで勝手に押し入って、うちの従業員に不埒なまねをして！」

怒りに震えながら、隼人さんを排除しようとする麻衣さんを見て、これは現実なのだと理解する。

「あんた一体、なんなんだ！　警察を呼ぶぞ‼」

洋介さんも誰何の声を上げた。

隼人さんは、私を抱きしめたまま二人に顔だけを向けて、

「誠に失礼しました。私は美咲の婚約者で、伊波隼人と申します」

と名乗った。

「婚約者って、例の？」

洋介さんがポツリと呟き、麻衣さんはさらに怒りを顕わにした。

「美咲ちゃんを裏切った男が、何しに来たのよ！」

「俺は美咲を裏切っていない！」

麻衣さんの言葉を、隼人さんはすぐに否定した。

「六年間、ずっと捜してやっと見つけたんです」

悲痛な表情を浮かべる隼人さん。よく見れば頬が瘦けているし、昔に比べて顔色も

随分と悪いように思える。

「美咲ちゃんを捜してたって、なんでまた？　あんた、本命がいたんだろう？」

洋介さんの問いに、隼人さんは首を横に振ってきっぱり否定した。

「俺は美咲しか愛していません。俺たちはあいつの策略にはまったんです」

「策略って……」

「俺の秘書だった成田が美咲を排除しようとして、嘘を吹き込んで騙したんです」

その名前を聞いて体がビクリと震えた。

隼人さんの秘書の成田さん。知性を感じさせる、凛とした美しさを持った女性。

そして、彼の子を身籠もった人――。

けれど隼人さんは、私が成田さんに騙されたと言った。それはどういう……？

衝撃の連続に理解が全く追いつかない。

私たちの様子を見た洋介さんが、うーんと唸る。

「二人の間に、何か行き違いがあったらしいことは理解しました。とりあえずこんな所ではなんだから、あちらに移って話をしませんか」

「ちょっと、洋介。こんな男、追い出せばいいじゃない」

「それは話を聞いてからでも遅くないだろう？　二人の問題なんだから、俺たちが口出しすることじゃない」

とはいえ、と洋介さんは言葉を続けた。

「美咲ちゃんが怯えきっているのは一目瞭然だ。だから俺たちも同席させてください。それが嫌なら、今すぐ出ていってもらいますけど、どうします」

隼人さんは「わかりました」と洋介さんの言葉に従った。麻衣さんは依然不満そうな表情を浮かべている。

洋介さんの先導で全員が応接室に移動。ソファに座ったのと同時に、洋介さんが口を開いた。どうやらこの場のまとめ役を買って出てくれるらしい。

「それで、本日はどうしてここに」

「昨日放映されたTV番組で、こちらの農園が特集されておりまして」

例の経済ドキュメンタリー番組の中で、ある女性の後ろ姿が映った瞬間、目が画面に釘付け(くぎづ)けになったのだと、隼人さんは語った。

時間にしたらほんの数秒。僅か一瞬映っただけ。けれど即座に私だと確信した隼人さんは、すぐにらさいファームのことを調べて駆けつけたのだそうだ。

「そんな……私、あの頃と随分変わったわよ？　髪だってバッサリ切ったし」

「どんなに変わったとしても、俺が美咲を見間違うわけがない」

「それにしたって。アポも取らずにいきなりやってこられるのは困るんですよね」

憤慨する麻衣さんに、隼人さんは深々と頭を下げた。

「申し訳ありません。ですがここに美咲がいると考えたら、いても立ってもいられなくなってしまって……」

パッと顔を上げた隼人さんは、真剣な眼差しで私を見つめた。

「美咲、今すぐ東京に帰ろう。俺は」

「ちょっと待って!!」

隼人さんの言葉を、麻衣さんが遮った。

「美咲ちゃんの都合も考えずに、強引に話を進めるなんて最低よ！」

「麻衣、ちょっと落ち着いて」

ヒートアップする麻衣さんを宥めた洋介さんは、隼人さんに向き直る。

「伊波さん、あんた誰かに騙されたって言ってましたけど、そもそも二人の間に確固たる信頼関係があったら、こんな事態にならなかったんじゃないですか？」

「そのとおりです。全て俺が悪いんです。あの頃の俺は全てが順調に回っていたことに浮かれきって、美咲の苦しみなんて何一つ理解していませんでした」

そこにつけ込んで美咲を追い落としたのが、元秘書の成田です……そう言って隼人さんは、深いため息をついた。

「成田さんの嘘って、どういうことなの？」

真実だと告げられたことが嘘だった可能性を示唆されて、胃がギュッと重くなる。

「私は成田さんに、証拠の写真まで見せられたの。それで……」

あなたは伊波に騙されてたんですよ――そう言って嗤った成田さん。形のいい眉と赤いルージュが侮蔑に歪み、冷ややかな眼差しを私に向けてきたことを、今でも克明に覚えている。

そして私は逃げたのだ。

家族も仕事も隼人さんも、全部捨てて。

私のことを誰も知らない場所を求めて、この土地に辿り着いたというのに。

それが、嘘だった？

目の前がスッと暗くなって倒れそうになった私を、麻衣さんがギュッと抱きしめた。

気絶せずに済んだけれど、全身の震えは依然止まらない。

「美咲が消えてからのこと、全部話すよ。けどその前に、美咲の話も聞かせてくれないか。何があったのか、教えてほしい」

隼人さんの真剣な眼差しに促され、私は当時の出来事を打ち明けたのだった。

＊＊＊

隼人さんと婚約した直後から私は、多忙な日々を送るようになった。

結婚式は一年後に決まり、ホテル側との打ち合わせも盛りだくさん。両家とも会社を経営していることもあり、招待客のリスト作りには特に時間がかかってしまった。

そんな合間を縫い、私と隼人さんは連れ立って、パーティーなどに出席する機会が増えた。ＩＮＡＭＩの御曹司であり後継者でもある隼人さんだ。私との婚約を周知させるためにも、積極的に社交を行う必要があった。

パーティーでさまざまな人に挨拶をすることは、かなりハードな体験。けれど、隼人さんと結婚したらこれが日常になるのだ。泣き言なんて言っていられない。

隼人さんの妻として、恥ずかしくない人間になりたい。ううん、ならなきゃいけない。絶対に。

だから一刻も早くこの状況に慣れようと、必死だった。

そんななか、隼人さんは予定していた海外視察へ向かうこととなった。

「一ヶ月半も美咲と離れるなんて堪えられない……」

私を抱きしめ、珍しく泣き言を口にする隼人さん。でもそれは私も一緒だった。

せっかく思いが通じ合ったのに離ればなれになるのはつらいし、隼人さんは秘書の成田さんを連れて行くのだ。それが秘書の仕事なんだからしょうがない。だけど私以外の女性と一緒にいると考えただけで、憂鬱な気持ちが湧き上がる。

けれど隼人さんは仕事で行くんだもの。わがまま言っちゃだめ。だからモヤモヤする気持ちに蓋をして、平気な振りで「一ヶ月半なんてあっという間よ」と言った。

「美咲は俺と離れて平気?」

「平気じゃないけど……我慢する」

「美咲がそう言うなら、俺も我慢するよ。毎日電話するから」

「毎日は大変よ。時差があるでしょ。寝不足になっちゃう」

「寝不足よりも美咲不足のほうが深刻だ」

顔を見合わせ、クスリと笑う。

思えばこの頃が、幸せの絶頂だったのかもしれない。

一ヶ月半後、無事に帰国した隼人さんは、休む間もなく新規プロジェクトに携わり、一方でパーティーや会合への出席や接待など、多忙な日々を送ることに。

そのうえ披露宴の準備も行っているのだ。精悍な顔には疲れの色が滲み、浮かない表情を浮かべることも多くなっていた。

「少し休んだほうがいいわ。披露宴の打ち合わせ、次は私一人で行ってくるから」

「そういうわけにはいかない。美咲一人に負担を押しつけたくない」

隼人さんはそう言って、披露宴の打ち合わせも完璧にこなしてくれた。

そんな隼人さんだったからこそ……私は言い出せなかったのだ。

私が新たに悩みを抱え、ジワジワと追い詰められていたことを。


「栗原さんは随分と勉強熱心な方だと、伊波から伺っております」

ある日、隼人さんの会社を訪れた私に、成田さんがそう話しかけてきた。

隼人さんが席を外したほんの一瞬。二人きりになった社長室に流れる気まずい雰囲気を払拭しようとして、話しかけてくれたのかも……初めはそう思った。

「ご承知のとおり、ＩＮＡＭＩは世界各国にも進出している大企業です。伊波は将来、そのトップに立つ人物。栗原さんは家庭だけでなく仕事面でも、伊波をサポートする必要が出てまいります」

そこで、と言って成田さんは壁際に設置された書棚から、数冊の本を取り出してテーブルの上に並べた。

「経営戦略や流通に関する各種参考書です。ＩＮＡＭＩの一員になるのでしたら、この辺りの知識は必要最低限覚えておくべきかと」

知識不足は私も感じていたところだった。今よりもっと勉強しなきゃと考えたけれど、何から手をつけるべきかもわからない。そんな状態だったから、成田さんの心遣いはとてもありがたかった。

「ありがとうございます」

「お礼を言っていただくほどのことではございません。これも全て、ＩＮＡＭＩのためですから。もし本の内容でわからないことがありましたら、私にお尋ねください」

「でも申し訳ないですし、わからないところは隼人さんに聞きます」

「伊波は多忙を極める身。それなのに、これ以上の負担をかけてどうするんですか」

ピシャリと言われて息を呑んだ。そういえばこの前会ったときも、隼人さんは始終怠そうにしていたのだ。疲れが溜まっていることは明らかだった。

「ご理解いただけました？」

「はい……」

直接会うのは時間的に難しいから、連絡先を交換しようと言われ、素直に従う。

「質問はメッセージでお願いします。電話に出られないことが多いと思いますので」

「お手数をおかけすることもあるかと思いますが、よろしくお願いします」

「私も心を鬼にして敢えて厳しくいたしますが、それは全て栗原さんのためとご理解のほどを。あなたが失態を犯せば、他人は伊波をも貶めます。さらにはINAMIの看板に泥を塗る事態にもなりかねません。まずはそれを念頭に置いてください」

こうして成田さんから渡された本を読んで勉強を始めた私だけれど、経営戦略に関することは今まであまり触れてこなかったため、理解はなかなか進まなかった。専門用語が多すぎて、読み進めるごとに頭の中が疑問符でいっぱいになる。論文のような文調も、理解度を下げる要因の一つかもしれない。

とにかく内容が難しすぎるのだ。

それでもネットで用語を調べたりして、なんとか読み進めようと努力したけれど、結局すぐに挫折してしまった。せめて図解などが併記されていたら、もう少しわかりやすかったのだろうけれど、この本にはそういった補助的なものがほとんど記載されていないのだ。

ここはもう、成田さんに縋るしかない。

そう考えた私は、成田さんにすぐ連絡をとった。

しばらくして届いた返答には、丁寧にかみ砕いた内容が書かれていたのだけれど、

その中に、

［この程度の内容がわからないなんて驚きです］

なんて文言も添えられていて、ヒュッと息を呑んだ。

私がさんざん悩んだ文章は、成田さんにとっては〝この程度〟でしかないのか……。

自分の出来の悪さに、思わず泣きたくなる。

そういえば前に隼人さんが、成田さんのことを有能と言っていたのを思い出す。頭の回転が速くて野心に溢れ、一歩先を読んで行動できるタイプ。私と真逆の人だ。

私もせめて、この本の内容をしっかり理解できるくらいになっておかないと、ＩＮＡＭＩの一員として失格だと感じた。

――もっと頑張らなくちゃ。

改めて決意するも、成田さんからのダメ出しはいつまで経ってもなくならない。毎回のように添えられる、冷たい言葉の数々。もっと努力しなさいと、繰り返し叱責される。

成田さんの言葉は、私のためを思ってくれてのことだとわかっている。

けれど厳しいばかりの教えに、やる気は落ちていく一方。焦れば焦るほど、何も頭に入ってこない。

あまりの悪循環に、少し休んで気分を変えたいとメッセージを送るも、

[伊波の負担になりたいのですか]

[彼のためを思うなら、頑張るべきでしょう]

そんな言葉を畳みかけられて、素気なく却下されてしまった。

逃げ場を失って空回りする自分を自覚しながらも、どうしていいかわからない。

成田さんの言葉は次第に悲難めいたものへと変わっていき、私の心に恐怖が宿る。

正直なところ、彼女と距離を置きたい気持ちでいっぱいだ。

だけどこれも全て、私が悪いから。私がもっと物覚えのいい生徒だったら、成田さんも苦言を呈さないはず。彼女に対して苦手意識を持つのは間違っている。

第一、今のままじゃ隼人さんに申し訳が立たない。

彼を失望させたくない。

隼人さんのためにも、しっかりするのよ……挫けそうになるたび、そうやって自分を励ましてはまた落ち込んで、もがく日々が続いていた。

そんな私の気持ちが成田さんにも伝わったのだろう。隼人さんの会社を再び訪れた際に「いつまでお嬢さん気分でいるおつもりです」と叱責されてしまった。

「伊波は今、あなたの欠点が目に入っていないのかもしれません。ですが熱が冷めた

とき、何もできないあなたをどう思うか、考えたことはありますか？」

「それは……」

「伊波の目が覚めれば、あなたは確実に排除されますよ。伊波は自分に不必要な人間は簡単に切り捨てる男ですし、彼を支えられる女性はほかにもいるのですから」

成田さんは書棚の一冊を手に取って、

「この本の内容も理解できないようなら、身を引いたほうがよろしいでしょう」

それだけ言うと部屋を後にした。

入れ替わるようにやってきた隼人さんが、私を見て驚いた顔をした。

「随分と顔色が悪いけど、何かあった？」

実は……と喉元まで出かかった言葉を、グッと呑み込んだ。

成田さんは何一つ間違ったことは言っていない。全ては私が不甲斐(ふがい)ないことが原因なのに、ここで成田さんの名前を出すのは間違っている気がして、言い出すことができなかった。

「ちょっと疲れが溜まっちゃったのかも」

結局はそう言って誤魔化した。

成田さんが言うように、隼人さんのために身を引くべきなの？　そうすれば彼に迷惑をかけることはないだろう。だけど隼人さんを失いたくない。

——だって私はやっぱり……隼人さんが好きだから。

もっと頑張ろう。もっともっと努力しなくちゃ。

そう考えて、以前にも増して真剣に取り組んだけれど、その後も成田さんからの厳しいダメ出しは止むことがなく、そればかりか増えていく一方。果ては知識の面だけでなく些細な言動にまで注意を受けるようになり、私の精神は限界に近づいていった。

少しのことで感情が揺れるようになり、一人になると悪いことばかりが頭に浮かぶ。やる気が全く起きなくて、何も手につかない状態に陥っていた。

不安な思いを抱えたまま、時間だけがどんどん過ぎていく。心の支えは隼人さんの愛だけ。それを失ってしまったら、どうにかなってしまいそうで怖かった。

——もうこれ以上、不安になるようなことは何一つ起こらないでほしい。

心から切に願っていたのに……。

＊＊＊

入籍を翌日に控えた日曜の昼下がり。

休日はいつも二人で過ごしていたのだけれど、隼人さんは友人たちと食事会に出かけていて、私は自室で成田さんから読むよう言われた本を眺めていた。

文章をいくら目で追っても、内容が頭に入ってこない。こんなことをしても意味はないとわかっているけれど、やめられないのだ。

フッとため息を零して、もう一度本に目を向ける。

そのとき、スマホがメッセージの受信を告げた。成田さんからだ。

「お話ししなければならないことができました。十五時にお会いできませんか」

指定されたのは、隼人さんの会社からほど近い場所にある喫茶店だった。自宅からなら三十分ちょっとで着くだろうから、充分間に合う。この後なんの予定もない私は、すぐに了解の返事を送った。

「誰にも知られたくない大事な話なので、私に会うことは内緒にしてください」

特に異論のなかった私は、母に「喫茶店に行ってくる」とだけ告げて家を出る。

私より少し遅れてやって来た成田さんの強ばった表情を見て、嫌な予感がした。

「伊波と別れていただきます」

突然の言葉に唖然とした。

「成田さんはまだ私のことを認められないと思いますが、でも」

「違うんです!!」

成田さんが大声で私の言葉を遮る。

店内にいた人たちの視線が、一斉に集まるのを感じた。

「そうじゃないんです」

人目を気にしてか、先ほどよりも小さな声で、けれどきっぱりと断言した。

「私、子どもができたんです。父親はもちろん伊波です」

何を言われたのか、一瞬理解が追いつかなかった。

子ども……父親が隼人さん……頭の中で反芻して、ようやくその意味に気づく。

「あ……ちょっと待ってください。なんで隼人さんが？　え、どうして？」

到底信じられない。

彼女はバッグに手を伸ばして中から取り出した物を、混乱する私の前に置いた。

それは一枚の写真だった。

黒い画面に映る白い影のような物。実物を見たことはないけれど、TVドラマなんかの小道具として使われているのを見た覚えがあった。

赤ちゃんの、エコー写真だ。

「この子が今、私のお腹の中にいるんです」

呆然とする私に、成田さんは噛んで含めるように説明を始めた。

愛の告白は隼人さんのほうから。私と交際したことで、成田さんの才能と魅力を再認識した隼人さんが海外視察中に告白をして、二人は恋人になったそうだ。

けれど隼人さんはすでに私と婚約している身。成田さんとの交際が外野に知られたら、スキャンダルは避けられない。

そこで二人は誰にも悟られないよう秘密の付き合いを続けて、私のほうから婚約解消を言い出すように仕向けたのだという。

その手段というのが、あの厳しい教育だったのだ。

私からの申し出であれば、隼人さんの名前に傷はつかない。婚約解消後は、傷心の隼人さんを成田さんが慰めた……という筋書きで、二人の交際をオープンにできる。

そう語った成田さんを見て、全身が総毛立った。

「あなたが私の言葉に落ち込んでいたことは、伊波も存じております。知っていて、敢えて放置したんです。あれで心が折れてくれれば、こちらとしても助かったんですけれど、存外しぶとい性格で驚きました」

迫りくる入籍予定日。なのに私は婚約解消を言い出さない。このままでは入籍するしかなくなってしまう。危機感を抱いた二人は次の作戦に打って出ることにした。

成田さんが、私に社長夫人は務まらないと自覚させるべく、苛烈な言葉をぶつけるというものだ。

どんなにつらくても、成田さんの善意だからと思って受け入れていたことが、実は悪意だったと知って、目の前が真っ暗になった。

耐え続ける私に、二人の苛立ち(いらだ)がピークに達した頃、成田さんは体調を崩して病院へ。そこで妊娠の可能性を示唆され、産婦人科で詳しく受診してみると——。

「八週目に入ったところです。心拍も確認できたんですよ」

エコー写真を前に満面の笑みを浮かべる成田さんに、私はもう絶句するしかない。

「妊娠が発覚した以上、別れていただくより他ありません」

そこまで言い切って、ゆっくりとした動作でコーヒーを飲む成田さん。

カップにベッタリとついた赤い口紅が、やけに目についた。

「隼人さんに直接話を聞きます。あなたの話だけじゃ私、信じることができません」

「伊波は会いませんよ。あなたに会いたくないそうです。だから私が今ここにいるんじゃありませんか」

「会いたくないって……」

「あなたに会ったら詰(なじ)られるだろうから私に全部任せるって、わざと食事会を入れたんです。あぁ見えて案外気の小さい人なんですよ、伊波は」

知らなかったでしょう？　と見下したように嗤われる。

成田さんの話が本当ならば、私は一体なんのために今日まで堪えてきたというんだろう。つらい勉強、成田さんからの辛らつな言葉、隼人さんの笑顔や思い出が一気に脳裏に蘇って、思考がグチャグチャになっていく。

「伊波のような悪い男に騙されてお気の毒さま。ですがもう少し、男を見る目を養ったほうがいいですよ」

「隼人さんが本当に悪い男だとしたら、成田さんだって大変なんじゃないですか？」

「そうですね。現に今も、あなたに説明するという面倒なことを押しつけられて迷惑していますし。けれどこの子の存在が、私の慰めになってくれますから」

そう言って下腹部を撫でさする成田さんの姿に、我慢が限界を超える。

勢いよく席を立った私を見た成田さんが、ニヤリと嗤う。グニャリと歪む、真っ赤なルージュ。

その赤に弾かれるように、私は激情のまま駆け出した。

4

それから後のことは、よく覚えていない。

気づいたら全く見覚えのない場所にいた。近くに見える駅舎の看板で、ここが北東北であることを知る。

逃亡者は北へ逃げると、以前何かで読んだことがあった。ということは、私は逃亡者ということか。

自嘲の笑みが零れたけれど、心から笑えたわけではない。成田さんによってズタズタに切り裂かれた心は、今なお血を流し続けている。

もう一生笑えないかもしれない……そんなことを漠然と考えた。

持っていたのは普段から愛用しているバッグだけ。お財布の中には、現金が数千円しか入っていなかった。帰るためにはATMでお金を下ろすしかないのだけれど、生憎(あいにく)と私は普段カード類を持ち歩かないようにしている。落としたときのことを考えての行為が、こんなところで徒(あだ)となった。

——でも、これでいいのかも……？

帰ったところで待っているのは、つらい現実だけ。こんな結果になって家族にも顔向けできない。このまま消えていなくなりたい……そんなことを考えていたとき。

「ねぇ、どうしたの？」

一人の女性がなおも話しかけてきた。

「さっきからずっと、ここで座ってるよね。迎えでも待ってるの？」

「……放っておいてください」

しつこく話しかけてくる女性に苛立ちが募り始めた頃「これからどこに行くの？」と尋ねられた。行く当てなど、どこにもない。

「もしかして、宿取ってないの？　だったらさ、うちに来ない？」

「は？」

「こうして知り合ったのも何かの縁じゃない？　うちはやたらと広くて部屋数もあるから、あなた一人くらい泊めてあげる余裕はあるわよ」

遠慮しないで！　と腕をグイグイ引かれ、それを振りほどく元気すらなくなっていた私は、駐車場に止めてあった車に無理やり乗せられてしまった。

「じゃあ行きましょうか」

そう言いながらシートベルトを締めた女性は、工藤麻衣と名乗った。

これが私と麻衣さんの、初めての出会い。

たまたま駅まで人を乗せてきた麻衣さんは、ベンチに座ったまま微動だにしない私を見かけ、気になって声をかけたのだと、後日教えてくれた。

「私はバツイチなんだけどね。あのときの美咲ちゃんは、前の旦那に暴力を振るわれてボロボロだった頃の自分を見ているようで、放っておけなかったんだよねぇ」

当時を思い出し、懐かしそうにする麻衣さん。

「たしかに美咲ちゃんは、一人にしちゃ絶対まずい雰囲気だったよな」

麻衣さんの言葉に、洋介さんもうんうんと頷いている。

そういえば洋介さんも、どこの誰ともわからない私が突然やって来たというのに、特に反対することもなく家に上げてくれたんだった。

今考えれば信じられない状況だったけれど、当時の私はそれがどれだけおかしいことか気づきもせずに、ただ流されるまま工藤家にお邪魔することとなったのだ。

「遠慮しないで」と言われて出されたお茶を、促されるままに飲む。

「どう？　美味しい？」

ニコニコしながら尋ねる麻衣さんの目は、慈愛に満ちていた。こんな眼差しを、隼人さん以外の人から向けられたのは、いつ振りのことだろう。

――隼人さん……。

優しかった彼が脳裏に蘇る。

けれど隼人さんは私を裏切っていた。彼が愛していたのは、成田さんただ一人――そう考えた瞬間、私の目からポロリと滴が零れた。

成田さんと対峙しているときは全く出なかった涙が、堰を切ったように溢れ出る。

「うっ……うぅぅっーーー」

号泣する私を、麻衣さんと洋介さんは何も言わずに静かに見守ってくれた。

ひとしきり泣いて少しだけスッキリした頃、そういえば名前すら名乗っていなかったことに気づく。

「あの……私、栗原美咲と言います。ご迷惑をおかけして、本当にすみません……」

「気にすることないわよ。栗原美咲さん。じゃあ美咲ちゃんって呼ぶわね。あのね、もしよかったら美咲ちゃんのことを教えてくれる？　もちろん話せることだけでいいから。でもその前に、まずは私たちのことから話すわね」

そうして麻衣さんは、簡単な自己紹介を始めた。

ここは市内から車で一時間ほどの場所にある、山の麓の小さな集落。二人は『らさいファーム』というリンゴ園を営んでおり、この辺りでは珍しい法人経営の農園だとか。

　洋介さんとは数年前に出会い、ひたむきな愛情と熱烈なプロポーズを受けて結婚。現在お腹の中に赤ちゃんがいると、麻衣さんは教えてくれた。

「じゃあ次は美咲ちゃんの番ね」

　そう言われ、私も自分のことを話す。

　最初は当たり障りのないことだけ言おうと思っていたのに、聞き上手な麻衣さんに促されるまま、気づいたら隼人さんのことまで全て打ち明けていた。

　成田さんから聞いた話をした瞬間、「それは酷い」と二人は揃って顔を顰めた。

「二股とかあり得ない」

「しかももう一人との間に子どもができたって……それはショックで、こんな所まで逃げてきたくもなるよな。それで今は帰りたくないと」

「じゃあさ、気持ちが落ち着くまでうちにいたら？　いいわよね、洋介」

「おう。部屋も余ってるし、落ち着くまで何日でもここにいなよ」

「いえ、そういうわけには！」

「だってお財布には現金があまり入ってないんでしょう？　そんな状態じゃ、どこにも行けないじゃない」

宿は？　食費は？　交通費は？　と畳みかけられ、手持ちの現金ではすぐに行き詰まってしまうことを、改めて自覚させられる。

「でも、それはあまりに心苦しいですし……」

「じゃあさ、ここにいる間は私の手伝いをするってのはどう？　何しろこのお腹でしょ？　そろそろ家事をするのも一苦労なのよ」

「そうだな。住み込みの家政婦さんみたいな感覚でさ」

「当面の間だけでもいいから、いてもらえると助かるんだけどなぁ」

そんなことを口々に言う二人。私があまり気に病まないよう、敢えてそんなふうに提案してくれているのが、手に取るようにわかる。

むしろお願いしなければならないのは私のほうだというのに。

二人の心遣いが胸に染みて、これ以上拒否することなんてできなかった。

「私でよかったら。こちらこそ、お世話になります」

こうして工藤家にご厄介（やっかい）になることとなった私。麻衣さんたちに全て打ち明けて、心がすっかり軽くなった途端、実家のことを思い出した。

——そういえば、行き先も告げずに出てきちゃったんだ。

両親はきっと心配しているに違いない。スマホを取ろうとバッグを開けるも、見当たらない。もしかして、どこかに落としてしまった？

申し訳ないけれど、電話をお借りして……と考えて、ハタと気づいた。

両親にはなんて説明すればいいんだろう。実は伊波さんに騙されていたと知ったら、どう思うことか。父はきっと、激怒するだろう。母は嘆き悲しむかもしれない。婚約解消ということで、両家でまた話し合いが持たれたりするだろうか。そのときは当事者である私も参加しなければならない。

けれど私はまだ、隼人さんと顔を合わせる勇気がなかった。

会えばきっと泣いてしまう。隼人さんの口から「本当は彼女を愛しているんだ」「君なんて好きになるわけないだろう」なんて言われたらどうしよう……。

頭の中に浮かぶのは、最悪なことばかり。恐怖が湧き上がってくる。

「どうしたの？」

と問う麻衣さんに、首を振って「なんでもないです」と答える。

両親には申し訳ないけれど、心が落ち着いてから連絡を入れることに決めた。

今ならこれがどれだけ愚かな判断かわかる。けれどメンタルがすり減っていた当時の私には、これ以外の結論は思いつかなかったのだ。

黙り込んだ私に、麻衣さんは何か言いたげな表情を浮かべたけれど「そっか」とだけ言って、それ以上は何も聞かなかった。

＊＊＊

こうして工藤家に滞在することとなった私。麻衣さんと洋介さんは、私を静かに見守ってくれていることがヒシヒシと感じられる。

ほどよい距離感のおかげで、男性が苦手な私は洋介さんを怖がることもなく、穏やかな日々を過ごしていた。

けれどいつまでも工藤家にお世話になっているわけにもいかない。それにいい加減、実家にも連絡をしないと。

——みんな、心配してるよね……。

そんなことを考えつつも、なかなか決心はつかない。

隼人さんの件が心に引っかかっていたのと、随分長い間連絡をしなかったことで気まずさが生まれ、二の足を踏んでしまうのだ。

けれどそんなある日。

体調を崩した私は病院で、妊娠を告げられた。目の前が一瞬で真っ暗になる。

心当たりはあった。成田さんからの叱責に堪えられなくなった私は、一度だけ隼人さんに縋ったことがあったのだ。

無言で抱きついた私に驚いた隼人さんだったけれど、何も聞かずに静かに抱き返してくれた。彼の温もりとトワレの香りに、強ばっていた心が解されていく。

けれど、それだけでは満足できない。もっと隼人さんを近くに感じたくて、私は初めて自分からキスをねだった。

最初は触れるだけのかわいらしいキス。離れていく唇が惜しくて、自ら吸いついて何度も何度も唇を合わせたのは私だ。

『これ以上したら、我慢できなくなるよ』

『いいよ、我慢しないで』

『……どういう意味か、わかって言ってる？』

『私、隼人さんとなら……』

それ以上は言葉にならなかった。隼人さんが性急に私の唇を奪ったのだ。

私がしたのとは比べものにならないほど、激しくて熱いキス。初めて味わう官能的なくちづけに、背筋がゾクゾクと震えたのを、今でも鮮明に覚えている。

そして――。

「美咲ちゃん、どうする?」

麻衣さんが心配そうに聞いてきた。それはそうだろう。私は隼人さんに騙されて捨てられたことを打ち明けているのだ。

それなのに彼の子を身籠もってしまったのだから。

「美咲ちゃんは今後どうしたい? あなたがどんな決断を下しても、私たちは反対しないよ。だからどちらにするか、よく考えてほしいの」

どうしたらいいんだろう……それが率直な気持ちだった。

産むという決断は、隼人さんにとってはきっと迷惑。成田さんを選んだ今、この子の存在は邪魔以外の何ものでもないはずだから。

だけど、だからといって簡単に堕胎を決意することはできない。

——だってこの子は、隼人さんの子だから……。

あれだけ酷いことをされたというのに、私はまだ隼人さんを愛している。裏切られてもなお、彼への想いが消えることはなかった。

馬鹿げていることは、自分でもよくわかっている。

けれど、私はどうしても……。

悩んだ末に出した答えは、産むという決断だった。

そのために、どうしたらいいか。本来なら、実家に帰るのが一番なんだろう。だけど帰れば、私の妊娠が隼人さんに知られてしまう。それだけは避けたい……だから実家には帰れないと思ってしまった。

「だったら、ここにいればいいじゃない」

そう言ったのは麻衣さんだ。

「でもそれはご迷惑じゃ」

「気にすることないわよ。それにここを出て、出産育児はどうするの？ 分娩費用や入院費、赤ちゃんが生まれたら産着やおむつだって必要になる。今の私に、お金やベビー用品を準備することができるのかと問われ、何も言えなくなった。

「今は無事に生まれることだけを考えて、うちでゆっくり休めばいいよ」

明るく気さくな物言いに、涙が止まらない。

「もう泣かないの。笑う門には福来たるって言うでしょ？ つらい目に遭ってきたんだから、これから幸せを呼び込むためにも笑顔でいよう。赤ちゃんのためにもね」

「はい……」

それにしても、なぜ二人はこんなにも親切にしてくれるんだろうという疑問が頭の中に浮かんだけれど、それについてはずっと後になって、

「元旦那と離婚した直後は、住む場所もお金もないうえに親にも頼れなくて、途方に暮れたの。美咲ちゃんが当時の自分と重なって、どうしても助けたいって思って」

麻衣さんはそんなふうに教えてくれた。

彼女の中では私を助けることが、過去の自分を救うことだったのかもしれない。

何はともあれ、こうして麻衣さんと洋介さんの手を借りて、私はこの地で暮らしていくための準備を進めた。

まずは住民票の移動と健康保険証の取得。保険証がないと産婦人科にも通えない。住所を移して実家に居場所がバレる可能性を危惧したものの、住民票は閲覧を制限できるらしい。申請が通れば家族でも住民票を閲覧することは叶わないのだとか。

同時に戸籍の分籍も行い、実家とは完全に縁を切る。家族にはなんの瑕疵もないけれど、隼人さんに知られないためにはこうするより他ない。

だけどせめて私が無事でいることを知らせたくて、勝手をして申し訳ないという気持ちを綴った手紙をポストに投函した。

昔気質で短気だけれど、私に対しては過保護だった父。

明るくて気のいい母。

お調子者だけれど、将来家業を背負って立つために、勉強に励んでいた弟。

家族の顔と思い出が、瞼の裏に次々と蘇る。

――本当に、本当に、ごめんなさい……。

もう二度と会えない大切な家族に、心の中で謝罪した。


数ヶ月後。

私は珠のような男の子を出産した。

キリッとした眉に、少しつり上がった涼しげな目元。

ビックリするほど、隼人さんにそっくりだった。

「名前はもう決めたの？」

お見舞いに来てくれた麻衣さんに尋ねられ、「しゅん」と答えた。

ずっと前から決めていた、大切な名前。

「栗原しゅん。あなたの名前だよ」

思いを込めて呟くと、しゅんはうっとり目を細めた。眠かったのかもしれない。

けれど私には、その目が「嬉しい」と言っているような気がしてならなかった。

5

「そうだったのか……」

私の話を聞き終えた隼人さんが、深いため息をついた。

「隼人さんはいつ成田さんの嘘に気づいたの？」

あの人のことだ。きっとバレないよう、上手くやっていたと思うのに。

「全部美咲のおかげだよ」

「私の……？」

「成田に会う前、お義母さんに『喫茶店に行く』って伝えて出ただろう。結局はあれが糸口になったんだ」

失踪した当日、いつまで経っても帰らない私を心配した父が連絡したことで、隼人さんは事態を知ったのだという。

昼過ぎに「喫茶店に行く」と告げたまま戻らないと聞き、すぐさま警察に通報。同時に興信所にも捜索を依頼したのだそうだ。

けれどいつまで経っても朗報は得られない。そのことに母は酷く取り乱して、

「こんなことなら、もっと真剣に話を聞いてあげればよかった！」

と泣き叫んだという。

「母さん、美咲から何を聞いたんだ？」

「成田さんから厳しいことを言われるって落ち込んでたの。だから私、てっきりマリッジブルーかと思って……あのときもっと、ちゃんと話を聞いてあげていれば!!」

ワッと泣き伏す母を眺めながら、隼人さんは自分の耳を疑ったそうだ。

「あの頃の俺は、美咲がそんな目に遭っていたなんて気づいていなかったから、お義母さんの言葉に愕然としたよ」

隼人さんと会うときは、できる限り明るい表情で、何ごともないよう振る舞っていたから、気づかなかったのも無理はない。

けれど隼人さんは成田さんの名を聞いた瞬間、いろんなことがストンと腑に落ちたらしい。もともと彼女は、隼人さんに対するアピールがあからさますぎて、鬱陶しいほどだったのだとか。

それでも有能で仕事ができたため、ある程度は目を瞑っていたものの、彼女の行動は次第にエスカレート。これ以上秘書の業務を逸脱する行為をすれば、他部署に異動

させると警告したところ、その後は大人しくなったそうだ。

けれど彼女は諦めず、隼人さんに取り入るチャンスを狙っていたのだろう。

「思い返せば、成田の動きが怪しかった気もしたから、問いただしたんだけど」

当然のように成田さんは口を割らない。時間だけが過ぎていくなか、隼人さんの元に、朗報が届く。

興信所から、とある喫茶店で私の目撃情報が得られたと、連絡が入ったのだ。

あのとき成田さんが大声を上げたことで、店内トラブルを危惧したマスターが、私たちを注視していたらしい。しかもその後、私が突然走り去ったことで、より記憶に残っていたのだとか。

私のスマホは喫茶店に残されており、忘れ物として保管されていた。引き取ってメッセージアプリを確認すると、そこには成田さんとのやり取りが。

「前にスマホのパスコードを聞いていていて助かったよ」

そういえば初めて会食に参加したとき、隼人さんに聞かれて素直に答えてしまったことを思い出す。まさかそれが、役に立ったなんて。

「証拠を提示して追及したら、ようやく白状したんだ。美咲が婚約解消を言い出さないから、妊娠したと嘘をついて身を引かせようとしたらしい」

「じゃあ、あのエコー写真の赤ちゃんは、別の男性との子どもなの？」

「そもそも成田は妊娠すらしていなかったんだよ」

あれは知人の妊婦さんから借りたもので、隼人さんは成田さんと男女の関係を持ったことなど一度もないと断言した。

私を排除した後は隼人さんを籠絡（ろうらく）して既成事実を作り、そのまま社長夫人の座に納まる——それが成田さんの立てていたプランだったのだとか。

証拠がないなら作ればいい。私を追い落とせるなら、どんな手でも使う。その一心だったと聞き、彼女の執念と陰湿さに改めて恐怖を感じた。

「それにしても成田さんって人、随分と杜撰（ずさん）な計画よね。美咲ちゃんが一言『本命がほかにいるのか』って伊波さんに聞けば、嘘が全部バレちゃいそうなものなのに」

麻衣さんが呆れたように呟いたけれど、彼女は多分わかっていたのだ。

私が隼人さんを追及しないことを。

全てを一人で抱え込んだまま、ひっそり身を引くだろうことを。

だから成田さんは強引な手で押し切ろうとしたのだと思う。

けれど全ては白日の下に晒（さら）され、成田さんは隼人さんの秘書を解任。栗原・伊波の両家から責任を問われ、ついには会社を辞めたそうだ。

成田さんの件は片付いたものの、その後も私は見つからず、ＴＶで偶然見つけるまでに、六年の歳月が流れていた。

「栗原家の皆さんもずっと心配しているよ。だから一緒に帰ろう」

そしてもう一度、始めからやり直そう……そう言って手を差し伸べる隼人さん。

彼の話は理解した。

私をずっと捜し続けてくれていたこと。

この六年間、私を愛し続けていたことも。

だけど……。

「ごめんなさい」

私には、その手を取ることはできなかった。

「どうして……」

「今さら何もなかったことにしてやり直すには、あまりに時間が経ちすぎたわ。それに今の私にとって、ここここそが生きる場所なの」

ずっと人に流されるまま生きてきた。就職も、結婚も、目の前に提示されたものを、ただ掴んできただけ。

そんな生き方に疑問を持つことはなかったし、流されるのは楽だった。

けれど今は違う。

洋介さんと麻衣さんに最初の道を作ってもらった後は、全て自分で決断し、自らの手で居場所を創り上げてきた。

「それに責任ある仕事を任されてるから、それを放置して行くことはできない。本当にごめんなさい」

「つまり美咲は、ここを離れたくないと言うんだな。だけど俺はもう、二度と美咲と離れる気はないから」

「でも」

「あんなことがあったけれど、美咲への愛は変わらない。この先の人生ずっと共に生きていきたい。美咲は？　俺のこと、どう思ってる？」

問われて、グッと返答に詰まる。それはもちろん……。

だけど騙されていたとはいえ、一度は隼人さんの元から逃げ出した私が、こんな簡単に彼の手を取っていいとは思えない。

「私にはそんな資格ないよ……」

ジワリと涙が浮かぶ。

「愛に資格なんて必要か？　大切なのはお互いの気持ちじゃないか。俺の心にいるのは、ずっと美咲だけ。美咲は？　今の美咲に、俺は必要ない？」

お願いだから、本心を聞かせてほしいと、切実な声で懇願する隼人さん。けれど何も言うことができなくて……溢れ出る涙で胸が詰まり、声が出ない。

シンと静まりかえった応接室に、私の嗚咽だけが響き渡る。

「美咲」

隼人さんが言葉を続けようとした瞬間、バンとドアが勢いよく開いた。

「おかーさん！」

叫びながら入ってきたのはしゅんだった。いつの間にか園バスが到着していたらしい。話に夢中になって気づかなかった。

しゅんは私を庇うようにして隼人さんの前に立ちはだかると、「おかーさんをいじめるなっ!!」と大声で叫んだ。

そんなしゅんを見て、隼人さんは目を見開くばかり。

「お母さんって……え、美咲、もしかしてこの子……」

隼人さんがポツリと呟く。その声が微かに震えている。

何も答えない私の代わりに、麻衣さんが「そうです」と告げた。

「麻衣さん！」

「勝手なことをしてごめんね。でもたとえ誤魔化しても、いずれはわかることよ。だってしゅんちゃんと伊波さん、こんなにも似ているじゃない」

麻衣さんの言うことは正しい。知性を感じさせる切れ長の目と、スッと通った高い鼻、キュッとしまった顎のラインも。

しゅんと隼人さんは、誰がどう見ても親子と断言できるほどそっくりなのだ。

「俺の、息子……」

感極まった声で呟く隼人さん。一方のしゅんは、隼人さんを訝しげに見るばかり。

「おかーさん、このオジサン誰？」

私の話は聞こえていたはずだけど、理解が追いつかないのだろう。

「しゅんのお父さんだよ」

目を見開いたまま絶句するしゅんの手を、ギュッと握った隼人さんは、

「初めまして。君のお父さんだよ」

と言って、笑顔を浮かべた。

「栗原のご両親は、彼のことを知ってるのか？」

知るわけがない。隼人さんはもちろん、両親にもずっと伝えていないのだから。

首を振って否定する私に隼人さんは「そうだよな」と呟いた。

「美咲。やっぱり一度、東京に戻ったほうがいい」

「え、だからそれはちょっと……」

「ご両親と健吾くんも、ずっと心配してたんだ。美咲が見つかっただけじゃなく、子どもまでいると知ったら、どんなに喜ぶことか」

それはそうかもしれない。だけど長年不義理を重ねていた私が、素直に戻れるかといったら、それはまた別の話で……。

「でも……」

渋る私の肩を、麻衣さんがポンと叩(たた)いた。

「美咲ちゃんさ、とりあえずこの人と一緒に東京行っておいでよ」

「麻衣さん……」

「真実もわかったことだし、ご両親も心配してるって言ってたじゃない。できるうちにやっておかないと、後悔しても時すでに遅しってこともあるんだからね」

そういえば昔、麻衣さんはご両親と疎遠になったまま死に別れをして、ずっと謝れなかったことを後悔していると聞いたことがある。

「だからさ。ねっ」

「でも仕事だってありますし……」

それでもまだ躊躇う私に、麻衣さんは、

「伊波さん、この頑固者をとっとと連れてっちゃってください」

なんてことを言い出した。

「麻衣さん⁉」

「美咲ちゃん、そう興奮しないの。ご家族に無事を伝えるために、しゅんちゃんを連れて一度顔見せに行ってきなさいよ」

「でも……」

「それとも、ご家族に会いたくはないの？」

その問いには、即座に否定する。何も言わずに逃げた私が、今さら合わせる顔はないけれど、もう一度会いたいと思っていることもたしかだ。

「とにかくね、美咲ちゃんはご家族ともきちんと話をする必要があると思うんだ。それでもし東京で暮らせないって思ったら、またここに戻ってくればいいじゃない」

「戻ってきても、いいんですか？」

「いいも何も、美咲ちゃんはもう、うちの家族だよ」

「どんな結果になっても、俺たちは美咲ちゃんのことを受け止めるから」

「そう気張ってないで、もっと楽な気持ちで行ってらっしゃいな」

麻衣さんと洋介さんに背中を押され……ようやく決心がつく。

「……わかりました」

「美咲。じゃあ……」

「私、隼人さんと一緒に東京に行きます」


今日にも帰ろうと言っていた隼人さんだったけれど、なんの準備もしていない状態で出かけられるわけもなく、結局は明日の飛行機で東京へ行くことになった。

「チケットの手配なんかは、全部俺に任せて」

「お手数ばかりかけちゃって、ごめんなさい」

「気にしないで。ひとまず栗原さんには、美咲としゅんを連れて明日お伺いするって連絡しておくよ」

「ありがとう……だけど私、東京で暮らす気は……」

「それはまた改めてゆっくり話そう。まずはご家族と再会することだけを考えて」

そう言って隼人さんは、すぐに工藤家を後にした。

隼人さんの乗るタクシーが見えなくなった瞬間、疲れがドッと押し寄せる。嵐のようなひとときだった……なんてことを考えていたら、袖口をクイッと引かれた。

「しゅん、どうしたの？」

不安げな顔で私を見るしゅんに問いかける。

「おかーさん、ぼくも東京に行くの？」

「あ……」

みんなの勢いに流されて東京行きを了承してしまったけれど、しゅんの意見を聞くのをすっかり忘れていた。

「勝手に決めちゃってごめんね」

いいけど、と言いながら、足下の石を蹴飛ばすしゅん。納得していないことが、手に取るようにわかる。

「もし嫌なら、お母さん今からでも断るよ」

「ううん。約束は守りなさいって、おかーさんいつも言ってるもん」

「そうだね……じゃあ後で、明日のお泊まり準備しようか」

私の言葉に、しゅんはショックを受けたような顔をした。

「明日も穂乃花ちゃんと遊ぶ約束したの。東京にお泊まりしたら、約束守れないよ」

「大丈夫だよ、しゅんちゃん！」

返答に詰まる私に助け船を出してくれたのは、なんと穂乃花ちゃんだった。

「穂乃花とはいつも一緒に遊んでるでしょ。一日くらい遊ばなくても、がまんできるよ。それより東京だよ！　パンダだよ！　すっごい大きいタワーもあるんだよ！」

興奮する穂乃花ちゃんに釣られたのか、しゅんも「パンダ……タワー……」と興奮気味に呟く。

「東京、いいなー。しゅんちゃん、おみやげ買ってきてね！」

「うん、わかった！」

穂乃花ちゃんのおかげで、しゅんはすっかり東京行きに前向きになったようだ。

——この調子なら、明日も大丈夫かな。

むしろ全然大丈夫じゃないのは私のほうだ。両親に会ったらなんて言おう。一方的に縁を切ったのだ。絶対に怒られるに決まっている。

当時の精神状況が不安定すぎて、冷静な判断ができなかったから、なんて言い訳にもならない。

とにかく全ては明日。

そう覚悟して布団に入ったのだった。

翌朝、迎えに来た隼人さんを見たしゅんは、なんとも言えない変な顔をして私の後ろに隠れてしまった。

「しゅん、どうしたの?」

声をかけたけれど、隼人さんに近寄ろうとはしない。これには隼人さんもショックを隠せない様子を見せた。

気まずい空気のまま、私たちを乗せたタクシーは、空港目指して出発した。

空港では手荷物検査の際、しゅんが一緒に連れて来た柴犬のぬいぐるみ、キーちゃんがX線検査にかけられたときに「キーちゃんをどこに連れて行くの?」とプチパニックになるというアクシデントが発生。

キーちゃんは工藤家で昔飼われていた柴犬のキンタにそっくりなぬいぐるみで、キンタをかわいがっていたしゅんは、キーちゃんをとても大切にしているのだ。

検査はすぐに終わり、キーちゃんが無事手元に戻ってきたしゅんはあっという間に落ち着きを取り戻した。その後は初めての空の旅を楽しみながら、一時間十五分後に飛行機は無事東京に到着。

「しゅん、疲れてないか?」

隼人さんの問いかけにしゅんは「だいじょぶ」と相変わらずの塩対応。

もしかしたら昨日、隼人さんに敵意を剥き出しにしたことを、気まずく思っているのかもしれない。六年前に私が逃げなかったら二人は今頃、仲良し親子だったかもしれないのに。

改めて自分がしたことの重大さを自覚して、申し訳ない気持ちでいっぱいになる。

飛行機を降りた後は車で移動。伊波家の車が羽田まで迎えに来ていて、運転手さんがドアを開けてくれる。顔を見ると、六年前と同じ人だった。

「お帰りなさいませ。お待ちしておりました」

柔和な笑みを向けられて、むしろ戸惑いが隠せない。

「とにかく乗ろう」

隼人さんに促されて車に乗り込むと、後部座席にチャイルドシートが設置されていた。しゅんのために、急いで用意してくれたのだろう。

「おかーさん、凄く広いねぇ。うちもこの車にしようよー」

「それはちょっと無理かなぁ」

主にお値段的な問題で。こんな高級車、私に買えるわけがない。

「しゅんはこの車が気に入ったのか?」

隼人さんが声をかけると、はしゃいでいたしゅんがスンッと真顔になった。

「いつでも乗っていいんだぞ」

「ううん、ぼく乗りたくない」

そっぽを向いたしゅんに、私たちはかける言葉が見つからなくて。

気まずい沈黙は実家に到着するまで続いたのだった。

6

伊波家の車に乗ること一時間ちょっと。次第に見覚えのある風景が広がり始めた。

六年前とほとんど変わらない、懐かしい町並み。帰ってきたんだな、と実感する。

やがて車は一軒の民家の前で停車。懐かしの我が家だ。

早く家族に会いたい。だけど怖い。

相反する気持ちが綯い交ぜとなり、一歩も動けなくなった。隼人さんが「じゃあ行こうか」と促してくれなければ、麻衣さんの元に逃げ帰っていただろう。

隼人さんがインターフォンを押すと、中からバタバタと走る音が聞こえてきた。

「美咲っ!!」

勢いよく開けられたドアから出てきたのは母だった。

「お母さん……」

六年前よりも皺が深く刻まれ、生え際には白髪が目立っている。最後に見たときとかなり違う様相に、時の流れを実感した。

「美咲っ！　あぁ、無事でよかった!!」

私を抱きしめ、噎び泣く母。鼻の奥がツンとして、涙が滂沱として溢れる。

「お母さん、ごめんなさい……」

母をギュッと抱きしめて謝罪の言葉を口にすると、歪んだ視界に父の姿が見えた。

「この馬鹿娘がっ！　お前は今まで一体何をやっていたんだ!!」

父は顔を真っ赤に染めて、怒鳴り声を上げた。こめかみと額に血管が浮いている。

激しい怒りを感じて、全身がガクガクと震えた。

「お父さん、六年振りに帰ってきてくれたんだから、怒らなくてもいいでしょう？

それに、あの秘書が全部悪いってわかってるんだから、美咲を責めるのはやめて！」

「それとこれとは話が別だ！　いくらつらい目に遭ったからって、家族を捨てて失踪する必要はないだろう！　しかもあんな手紙一通で絶縁を伝えてくるわ、六年間音信不通だわ、これを怒らずに何を怒るってんだ!!」

父のボルテージが最高潮に達したとき、「ふぇっ……」と声がした。

しゅんだ。

突然聞こえた小さな声に、父の言葉もピタリと止まる。

「美咲、その子……」

「あ……お父さん、お母さん。この子はしゅんっていって私の」

「うわあぁぁぁぁぁぁぁん!!」

紹介しようとした瞬間、しゅんの大きな泣き声が玄関に響いた。

「おかーさん、怖いよーーー!」

「ビックリしちゃったね。でも大丈夫、しゅんを怒ってるわけじゃないよ」

抱き上げてあやしたけれど、しゅんは一向に泣き止まない。それどころかますます号泣するばかり。真っ赤な顔で反り返って泣くしゅんに、それまで怒り狂っていた父もオロオロしている。

「とりあえずここじゃなんですから、中に入りましょう」

隼人さんの取りなしもあって、全員でリビングに向かう。しばらく泣き続けていたしゅんも、私に抱っこされて少し落ち着いたようだ。クスンクスンと洟を啜り、ときおり引き攣ったような呼吸をしながらも、なんとか泣き止んでくれた。

「おっ、姉ちゃん。久しぶり」

そんなことを言いながらリビングに入ってきたのは、健吾だった。六年前は高校生だった弟も、すっかり大人になっている。

全員が勢揃いしたところで、隼人さんが再び口を開いた。

「昨夜お伝えしましたとおり、美咲を迎えに行ってきました。この子が俺たちの息子の、しゅんです」

「伊波さん、いつもお手数ばかりおかけして、本当に申し訳ありません。美咲が無事に戻れたのは、伊波さんのおかげです。しかもこんなかわいい孫まで……」

母はエプロンの端でソッと涙を拭った。

「美咲の状況は、伊波さんから教えてもらったわ。悲しくてつらいだけの六年間だったけど、こうやって帰ってきてくれただけで充分よ」

「お母さん……本当にごめんなさい」

「とりあえず、美咲の部屋はすぐ使えるように掃除しておいたから。しばらくは二人一緒の部屋だけど、健吾が来年一人暮らしする予定なの。そしたらそこをしゅんくんの部屋にしましょう」

「え、ちょっと待って、お母さん。来年って……私、向こうに戻る予定でいて」

両親に謝罪したらすぐに帰るつもりなのだ。着替えなんて一日分の用意しかない。

「なんで戻るなんて言うの？　美咲の家はここでしょう？」

「お母さん……」

母をどう説得しようか思案していたとき。

「やだ!!」

しゅんが突然大声で叫んだ。止まっていたはずの涙がまた大量に溢れ出している。

「おかーさんのおうち、ここじゃないもん！　おかーさん、ぼく、おじーちゃんもおばーちゃんもいらない。だからおうちに帰ろう！」

「しゅんくん」

会ったばかりの孫に拒絶されて、母の顔がサッと青ざめた。父はもちろん弟でさえも、真剣な顔つきでこちらを窺っている。

「……お父さん、お母さん。私、やっぱり向こうに戻るわ」

「美咲……」

「しゅんがこんな状態だし、それに私の生活の基盤は今、向こうにあるから」

「でも！」

私を行かせまいと、必死に食い止める母。六年間も消息不明だったのだ。離れたくない気持ちは強いだろう。親になった今、母の気持ちはよく理解できる。だけど……。

「ごめんね、お母さん。あそこは今の私としゅんにとって、かけがえのない場所なの。それに会社でも大切な仕事を任されてるし、私がいないと回らない業務もあるから、やっぱり帰らなくちゃ」

麻衣さんは、当分は一人で事務を行うと言ってくれたけれど、これから繁忙期に入るのだ。大変になることは、想像に難くない。

今後を考えれば、いつまでも東京にいるわけにもいかないのは当然の話。

それに私は一度、全てを捨てて逃げ出した人間だ。そのなかには仕事に対する責任も含まれている。いくら混乱していたとはいえ、社会人としてあまりにも無責任な行動だった。だからこそ中途半端な状態で、らさいファームを去りたくないのだ。

「なんで？　せっかく帰ってきてくれたのに、またいなくなるなんて」

エプロンに顔を押し当てワッと泣く母の声が、リビングに響いた。

母の涙に罪悪感が募る。

「どうしても、行かなくちゃならないのか？」

手の中にある湯飲みを見つめていた父が、ポツリと呟いた。

「今はリモートワークが当たり前の時代だ。通勤せずとも仕事はできるだろうし、年に何回か向こうに遊びに行く形にすればいいんじゃないか？」

「それは……」

「俺はお義父さんの案に賛成だ」

ずっと沈黙していた隼人さんが口を開いた。

「まだ何も話し合えていない状態じゃないか。全員が納得する結論を出すまでは、こちらで仕事をすればいいと思うけど」

「無理よ。らさいファームのシステムは、リモートワークに対応していないもの」

「じゃあすぐにでも、あちらに連絡を取ろう。効率化の面から考えても、データの電子化やリモートワークができる環境は、ぜひお薦めしたいところだから」

「私のためにそこまでしてもらうわけには……」

「これは何も美咲のためだけに言ってるんじゃないよ。ある特定の人間しかできない業務があるのは、会社として大きな問題だ。実際に今も、美咲が戻らなければ業務に支障が出るんだろう？」

それは紛れもない事実なので、素直に頷く。

「仕事を一人で抱え込むのは、今の時代に即した働き方じゃない。らさいファームも作業の効率化を図ることで、よりよい経営ができるんじゃないかな」

「それは……」

「電子化、リモートワークに対応することで、生まれるメリットもある。まずは美咲が東京からでも仕事ができる点。さらにはご両親や俺と充分話し合える時間もできるし、しゅんも落ち着けると思うけど」

何か問題でもある？　と問われたけれど、私は即答できなかった。経営者は洋介さんであって、私はただの事務員。業務改革を進められる立場ではない。

そう言うと隼人さんは「工藤さんへの提案は俺がしよう」と請け負ってくれた。

「どうしてそこまで？」

「それがご両親の望みだから。第一、俺自身が美咲に側にいてほしい。もう二度と、どこにも行ってほしくない」

膝に置いていた手に、隼人さんの手が重なった。

温かな手のひらに包まれて、心臓がトクンと音を立てる。

真剣な眼差し。火傷しそうなほど熱い視線を受け、初めて出会った頃を思い出す。

そうだ、あの頃も隼人さんはこんな目をしていた。

この瞳は六年前と全く変わらず……ううん、今のほうがもっと熱を帯びている。

「やっと会えたのにまた離れるなんて、考えただけで頭がどうにかなりそうだ」

「隼人さん……」

視線を絡め、彼の名を呟くと。

「おーい、お二人さん。いい加減周りに気づいてくれないかな」

弟の呆れるような声がして、ハッと我に返る。

「小さな子どももいるんだからさ。妙な雰囲気になるの、やめてくんない？」

しゅんどころか両親と弟がいたことも思い出し、サッと隼人さんから距離を取る。隼人さんは困ったように微笑みながらも、それ以上は迫ってこなかった。

代わりにしゅんがギュッとしがみついてきた。髪を撫でると、さっき泣いたせいか地肌がほわっと温かく、しっとり湿っている。

「とにかく、もっとじっくり話し合うべきじゃね？　もちろんしゅんの意見も含めて。全員の、今後の人生に関わることなんだからさ」

「しゅんは、どうしたい？」

一同の視線を浴びて緊張したのか、しゅんは口ごもって答えを言い出せずにいる。

そんなしゅんに助け船を出したのは、まさかの健吾だった。

「しゅん」

突然声をかけられて、しゅんがビクッと体を揺らす。健吾はニヤッと笑って、しゅんと目線を合わせるようにしゃがみ込んだ。

「いろいろあってビックリしたよな。家に帰りたいっていう気持ちはわかるぞ。俺だってこんなギスギスした中にはいたくねぇって思うし。だけどしゅんは東京来るの初めてなんだろ？　上野（うえの）のパンダ、見たくないか？」

「……見たい」

「上野はここから近いから、すぐにでも連れてってやるよ。せっかく東京に来たんだ、行きたい場所は全部行き尽くしてからでも、帰るのは遅くないんじゃねぇの？」

弟の誘惑に、しゅんの心は揺れているようだ。

「東京土産もまだ買ってないだろ？　手ぶらで帰ったらみんなガッカリするぞー」

「穂乃花ちゃん、泣いちゃう？」

「泣く泣く。穂乃花ちゃんは絶対泣いちゃうな。あー、可哀想な穂乃花ちゃん」

「ちょっと健吾」

「姉ちゃん。とりあえず今後どうするかはいったん置いといたら？　こんな急に結論を迫られたって、しゅんが困るだけだって」

まったく、せっかちで困るよなー、と呆れ顔の健吾。

あまりのド正論に、返す言葉もない。

「そうね……」

たしかにしゅんにも考える時間は必要だ。

それを与えないまま、結論だけを迫るのは間違えている。

「パンダを見に行く間だけでもいいから、考える時間をやろうよ。しゅんはどうだ？　しばらく東京で過ごして、こっちで暮らすか向こうに戻るか、考えてみないか？」

難しい顔をしていたしゅんは、しばらくして「もうちょっと、ここにいる」と小さな声で呟いた。

「いいの？」

「うん。その代わり、本当にパンダ見に連れて行ってくれる？　穂乃花ちゃんにおみやげ買うって約束したの」

「じゃあお父さんが連れて行ってあげるよ。お母さんも一緒に、三人で行こう」

この提案に、しゅんは渋面を作りながらも「考えとく」と呟いた。

「よし、とりあえず話も纏（まと）まったことだし、飯でも食って気分を切り替えようぜ。もうすぐ昼じゃん。しゅんも腹減ってんじゃない？」

時計を見るともうすぐ十二時。たしかにお腹が空く頃だ。

「あ、じゃあ出前でも取ろうかしらね。伊波さんも食べていかれるんでしょ？」

キッチンにお品書きを取りに行こうとした母に、隼人さんは「いえ、そろそろお暇（いとま）します」と言って立ち上がった。

「お心遣い、痛み入ります。ですが今日はこれで」

「え、もう？」

「親子水入らずのほうがいいだろう？　積もる話もあるだろうし」

そう言って、玄関へと向かう隼人さんを見送るため、私も立ち上がる。

「せっかく連れて来てもらったのに、ゆっくり話もできなくてごめんなさい」

「気にしないで。あ、そうそう。工藤さんに、俺が電子化の話がしたいって連絡しておいてもらってもいいかな」

「わかった……だけど私、本当にここに残るかどうかは、まだ……」

「美咲があそこをどれだけ愛しているかは理解してるよ。だけど、だからといって俺も引き下がれない。全員が納得できる未来に進めるよう、時間をかけて話し合おう」

「……うん」

じゃあ、と言って靴を履いた隼人さんはもう一度私を振り返って、

「スマホの番号、交換しないか」

と言った。

そういえば今のスマホは、向こうで新たに購入した物。電話番号も違えば、メッセージアプリのIDも、六年前とは変わっている。

スマホを取り出して、改めて番号を交換する。

「なんだか、あの頃を思い出すな」

隼人さんがクスリと笑った。

「そうね」

ちょうど私も思い出していたのだ。六年前の出来事を。

あのときは完全なだまし討ちだった。だけどあれが私との縁を再び繋ぐ重要な鍵となろうとは……人生って本当に不思議なものだ。

「だけど」

隼人さんはソッと目を伏せて、小さく呟いた。

「やっぱりあの頃とは違うんだな」

「え……？」

「美咲が言ってただろ。今さら何もなかったことにしてやり直すには、あまりに時間が経ちすぎたって」

隼人さんは昨日、一人ホテルに戻った後、その言葉を何度も思い出して考えていたらしい。

「俺は美咲に会えたら、もう一度あの頃に戻れるって考えてたんだ。そしてまた、続きからやり直せるって思ってた」

だけど実際は、私はらさいファームの一員として、自分の居場所を作り上げていた。

麻衣さん、洋介さんという心強い仲間もいる。

そして一番の違いはやはり、しゅんの存在だろう。

「昨日美咲と会って、話をして、あの場所を失いたくないっていう、真剣な思いが充分に伝わってきたよ。あそこには、美咲が六年という歳月をかけて作り上げてきた世界があった。その全てを〝なかったこと〟にしてやり直そうなんて、できるはずがないんだ」

「隼人さん……」

「俺が今さら入る余地がないこともわかってる。でもだからって、簡単に諦められない。俺は君を心から愛してる。生涯を共にしたいと思ってる。だから俺ともう一度、新しい一歩を踏み出すことを考えてくれないか？」

真剣な眼差しで私を見つめる隼人さん。強ばった表情。切ないほどの想いが伝わってきて、胸がキュッと苦しくなった。

「……わかった」

「美咲……！」

だって、これほどまでに真剣な想いを、簡単に拒否することなんてできないもの。

「その代わり、私にも少しだけ考える時間をちょうだい。私たちがもう一度一緒に歩んでいくことができるかどうか、見極めてからお返事させてくれる？」

「まずはお試し三ヶ月とか？」

六年前の母の言葉を引用する隼人さんに、プッと吹き出す。

「三ヶ月とは確約できないかな。しゅんのこともあるし」

「そうだよな、下手な冗談言ってごめん。俺は美咲としゅんの気持ちが固まるまで、何年でも待つよ」

じゃあまた来るから……そう言って、隼人さんは我が家を後にした。扉が閉まると同時に、母がスリッパの音をパタパタ響かせながら玄関にやって来た。

「あら、伊波さんは？」

「もう帰ったわ」

「相変わらずのスピード感ねぇ。お見送りしたかったのに」

「お忙しい人だから、しょうがないわよ」

「まぁいいわ。私たちはお昼にしましょ。何を注文するか決めてちょうだい」

母に促されてキッチンに向かうと、冷蔵庫の前で牛乳を飲んでいた健吾と目が合った。

「伊波さん、帰ったの」

「うん。また来るって」

「伊波さんなら明日にでも来そうだよな」

あの人、姉ちゃんのことになるとフットワーク軽いから、と笑う健吾。

「業務改善資料のこともさ、パッと動いてチャャッと決めちゃいそう」

「でもそれも、申し訳ないのよね。ＩＮＡＭＩはらさいファームとはなんの関係もない会社だし、しかも社長自ら動くなんて」

「それは大丈夫じゃない？　伊波さん、今は社長さんじゃないんだよね」

「え……？」

どういうこと？　と聞きかけたとき、リビングから「二人とも、何してんのー？」と私たちを呼ぶ母の声がした。

「後でゆっくり教えるよ」

今すぐ聞きたい気持ちだったけれど、こういうときの健吾は絶対に口を割らないことを私は知っている。

リビングへと消えていく弟の背中を見ていたら、しゅんが小走りで駆け寄って「おかーさん……」と呟いた。

「どうしたの？」

抱き上げると、私の首にギュッとしがみついてくる。

「おかーさん、大丈夫？　怖かったね」

出会い頭、父に怒鳴られたことを気にしているんだろう。小さな手で、私の頭をナデナデしてくれた。

「ありがとう、しゅん」

息子の優しい気持ちに、緊張しっぱなしだった心が少し解れた気がした。

「お母さんね、前に凄く悪いことをしちゃったから、おじいちゃんに怒られてもしょうがないんだ」

「おかーさんが悪いことしたの？」

「うん。お母さんがね、皆に何も言わないで、一人でいなくなっちゃったの。だからおじいちゃんのこと、嫌いにならないでね」

しゅんは眉毛をへにょりと下げて難しい顔をしたけれど、やがて小さく頷いた。

「それからお父さんも。みんなを悲しい気持ちにさせたお母さんが全部悪いんだ」

「おかーさんは……嫌いじゃないの？」

「どうして、そう思ったの？」

「おかーさん、ずっと泣きそうにしてるから」

しゅんの指摘にハッとした。罪悪感が表情に出ていたようだ。

「だからぼく、みんな悪い人なんだって思ったの」

それでしゅんは隼人さんに対してツンケンしていたのか。私の態度が、しゅんを誤解させてしまった。二人に対して申し訳ない気持ちでいっぱいになる。

「ごめん。お母さん、紛らわしい態度取っちゃってたね。お父さんは悪い人じゃないよ。とっても凄い人なんだから」

「じゃあぼく、イジワルしちゃった？」

「うーん。だけどお父さんは悪い人じゃないってわかったから、これからはお父さんと仲良くできるかな？」

「……わかんない」

一度持ってしまった苦手意識は、すぐに払拭できないのだろう。子どもだって、そう単純じゃない。

「美咲ー、しゅんくーん、何頼むか決めてー」

「はーい、今行く」

母に呼ばれた私たちは、ひとまずリビングへと戻ったのだった。

＊　＊　＊

怒濤の一日が終わりを告げた。

　家族とは結局ぎこちないまま。母はもちろん、出会い頭にあれだけ激怒していた父さえも、腫れ物に触るように接してきた。私も過去の不義理が心に引っかかって、なかなか素直に打ち解けられない。

　しゅんはさすがに疲れたようで、夕飯後にお風呂に入るとコテンと寝てしまった。

　一人の時間ができた私だけれど、部屋を出る気になれなくて。そこで麻衣さんへ報告の電話を入れることにした。

「……というわけで、隼人さんが電子化のプレゼンをしたいって言うんですけど」

『あー、いいんじゃない？　面白そうだからぜひ聞いてみたいわ』

　拍子抜けするほどあっけらかんと応えた麻衣さんに、なんだか肩の力が抜ける。

『リモート化に踏み切れば、美咲ちゃんもずっとうちで働けるじゃない』

「そうみたいですけど……」

　帰ってこなくていいと言われているようで、なんとなくショックを受けてしまう。

『ご両親や伊波さんとの溝が埋まらなくて、どうしても東京に住めないなら戻ってお いでって言うところだけど、そういうわけじゃないんでしょう？』

たしかに、わだかまりはまだ残っているけれど、確執とまではいかない。みんな私としゅんを受け入れてくれている。

『私も今までは伊波さんを悪人だって思ってたし、敢えて何も言わなかったけどさ』

だけど美咲ちゃんの帰りを待ってる人がいるなら、戻る道もあると思うよ……と麻衣さんに言われ、心が少しだけ揺れた。

『肝心なのは、美咲ちゃんの気持ちだと思うの。どう？　東京に戻って、やっぱり家族とは暮らせないって思った？』

「それは……ないです」

『じゃあ伊波さんとの復縁は？』

「そこがまだ……」

『可能性としては、全くないわけじゃないわよね。だって美咲ちゃん、なんだかんだ言って伊波さんのこと、ずっと忘れられなかったわけだし』

「……っ！」

『美咲ちゃんはもう吹っ切ったとか言ってたけどさ。昨日、伊波さんから名刺もらって、ピンときちゃった。しゅんちゃんの名前』

麻衣さんの指摘にギクリとする。

『しゅんちゃん、漢字で『隼』って書くでしょ？　伊波隼人さん。隼の字が一緒よね。つまり美咲ちゃんは伊波さんを想って、〝隼〟ってつけたんじゃないかなって』

麻衣さんの言うとおりだ。

あの日、成田さんから話を聞かされてもなお、私は隼人さんのことをずっと想い続けていた。忘れようと何度も考えて、だけどできずに苦しんだ。

だけど時が経つにつれ、無理に忘れる必要はないんじゃないかという気持ちが、私の心に芽生え始めた。

簡単に忘れられる過去じゃない。私はそれだけ、隼人さんを愛している。

だから生まれてきた息子に『隼』と名付けたのだ。

もう二度と手にすることはない、輝かしい愛の証として。

「でも私は一度、隼人さんの元から逃げてますから」

『また考えをこじらせて。そこは伊波さんの言葉を素直に受け取りなさい』

「でも……」

『まぁ、美咲ちゃんらしいっちゃ、らしいけどね。だけど覚えておいて。謙虚であることは美しいかもしれないけれど、時に罪悪にもなるわよ。現に美咲ちゃんは、ご両親や伊波さんに心配をかけ続けてきたわけだしね』

それを指摘されると、何も言えない。

『あと美咲ちゃんは、自分の気持ちを押し殺しすぎ。誰かの迷惑になったらなんて考えないで、意見をちゃんと言いなさいよ』

「うっ、はい……」

『とりあえず洋介には、伊波さんからの伝言を伝えておくから安心して』

「よろしくお願いします」

『本当にちゃんと話し合うのよ。六年前、言えずに我慢してきたことも、全部』

わかったわね、と念を押され、麻衣さんとの通話は終わった。

――六年前の分も全部……か……。

だけどあの頃の苦しかった思いを今伝えても、もう遅い気がする。

それこそ本当に、今さらだ。

言われた隼人さんは、苦い思いをしないだろうか。六年間、心配をかけ続けてきたのに、さらに傷を抉(えぐ)ることにならない？

どうしたらいいか考えあぐねていると、不意にドアをノックする音が聞こえた。

「姉ちゃん、今いい？」

健吾の声だ。

「どうぞ」

返答すると「よっす」なんて声と共に健吾が入ってきた。ビールとペットボトルのお茶を手にしている。

「あのさ、喉渇かねぇ？」

全く渇いていないけれど、弟の主目的がそれではない気がした私は、とりあえず頷いて座るよう促す。健吾は私にお茶を差し出し、自分はビールのプルタブを開けた。

乾杯をして、ゴクゴクと喉を鳴らしながらビールを呑む健吾。私はお茶を一口だけ飲んで、すぐにキャップを閉めた。

「姉ちゃん、伊波さんにどこまで聞いた？」

問われるままに、隼人さんが語った内容を告げる。話が終わると健吾は腕組みをして「うーん」と唸った。

「そんなん全然喋ってないのも同然じゃん。六年間、姉ちゃんのいないこの家に、足繁く通ってたとか、なんで言わないかなあ」

「え……」

「最初はさ、姉ちゃんの消息を確認しに来て。それから情報共有も」

私がしでかした事の重大さに恐縮していた両親は、隼人さんに「何か進展があったらお知らせするので、美咲のことは忘れてください」と告げたそうだ。

「そしたらさ、『忘れることなんてできません』とか言うんだよ」

キリッとした表情を作って語る健吾。もしかしてこれは、隼人さんのまねをしているつもりなんだろうか。だとしたらあまりにも似ていないけれど、健吾なりに私の心を和ませようとしてくれているのかもしれない。

「けどさー正直俺らとしても、伊波さんにそこまでしてもらうのも申し訳ないっつー話じゃん。後になってから姉ちゃんが嵌められてることがわかったけど、失踪当初は理由も何もわかんなかったわけだし」

「……ごめん」

「謝って済む話じゃないんだぜ、実際。姉ちゃんは伊波さんの婚約者だって認知されてたろ?」

「うん」

「伊波さんが婚約者に逃げられたって話があっという間に広まって、うちは取引先からことごとく手を引かれたうえに、新規の仕事も全く取れなくなって、一時は工場を閉めなきゃならないかもって話も出てさ」

「なんで、そんなことに」

「決まってんじゃん。天下のＩＮＡＭＩの御曹司に恥をかかせて、社長の座を退任させた娘の実家だからだよ」

「え、ちょっと待って。昼間も言ってたけど、それってどういうこと？」

「ＩＮＡＭＩのトップが『婚約者の心一つ掴んでおけないような男に、大切な社員と会社を任せておけない』とかなんとか言ったみたいで？　それで社長の座を降ろされて、ＩＮＡＭＩの孫会社で平社員として一から出直しになったわけ」

もっとも、有能な隼人さんはあっという間に業績を伸ばして、現在は次長職まで上り詰めたらしい。随分早い出世だけれど、以前の栄光に比べたらその差は歴然だ。

「隼人さん、そんなこと一言も言ってなかった……」

「姉ちゃんが気に病むと思ったんじゃね？　とにかく話を元に戻すとさ。うちと懇意にしてＩＮＡＭＩに睨まれたら厄介じゃん」

そういった理由で栗原工作所との取引を停止する会社が続出したようだ。

そんな問題が起こっていたなんて。弟の言葉に愕然とした。

私のせいで窮地に陥ってしまった家族に、申し訳なさが再び募る。もう少し上手く立ち回れていたらと、今さらながらに後悔が押し寄せた。

「あのときは正直、姉ちゃんを恨んだりもしたけどさ。母ちゃんが自分のせいだって激しく後悔してるの見て、姉ちゃんばかりを責めるのは間違ってるって思って」

美咲はずっと苦しんでいたのに、もっと親身になって話を聞いていればと言って、母は激しく泣いたそうだ。それを聞いた父と健吾も、私が話しやすい状況を作っていればよかったと、後悔しきりだったらしい。

「母ちゃんはさ、ずっと負い目を感じてたんだよ。家族の中で唯一、姉ちゃんから話を聞いてたってのに、何もできなかったって。父ちゃんはあのとおり短気な性格だからさ、顔見た瞬間つい爆発しちゃったみたいだけど、でもずっと心配してたのは、たしかなんだぜ」

姉ちゃんって、みんなに愛されてるよな……健吾はそう言ってカラカラ笑った。

「伊波さんの秘書がやったことが明らかになったおかげで一部の取引先は戻ってきたし、伊波さんが新規の取引先を紹介してくれたから、会社的には問題なくなったってわけ」

そういう経緯があり、隼人さんと栗原家の結束は強固なものになったのだとか。

最初はお互いに情報交換をメインに行っていたのが徐々に打ち解けて、今ではすっかり本当の家族のようになったそうだ。

「正直言うと俺は今、姉ちゃんより伊波さんのほうが大切。人としてマジ尊敬してる。

だから伊波さんには誠実に対応してほしいんだよね。前みたく逃げないでさ」

「……」

「向こうに戻るって言っても、俺は反対しない。でもさ、伊波さんのことはちゃんと考えてくれよな。あんな急に幕引きされても、残されたほうは心残りが多すぎて一歩も前進できないっつーの」

「うん……」

「そうは言っても昨日の今日ですぐ決断しろっていうのも、姉ちゃんには難しい話だと思うけど。ゆっくりでいいからしっかり考えて、今度どうするか決めてな」

健吾はそれだけ言うと、ビールを手に部屋を後にした。

静かになった部屋に、しゅんの寝息だけが聞こえる。

——あんな急に幕引きされても、残されたほうは心残りが多すぎて一歩も前進できないっつーの。

——謙虚であることは美しいかもしれないけれど、時に罪悪にもなるわよ。

健吾と麻衣さんの言葉が、頭の中にリフレインする。

どうしたらいいいか、答えはまだ見つからない。

だけどこのままじゃいけないことも、重々理解している。それに……。

——今の美咲に、俺は必要ない？

私はまだ、あのときの隼人さんの問いに答えていない。

まずは隼人さんと、ちゃんと向き合おう。

話し合いの末にどんな未来が待ち受けているか、今はまだわからない。だけどどんな結末になろうとも、もう二度と逃げはしない。

六年間止まっていた時計の針が、急速に動き出すのをヒシヒシと感じながら、これからの未来について、真剣に考えようと決意する。

自分のために。

家族のために。

私を取り巻く人々のために。

そして、隼人さんのために。

7

隼人さんが我が家に顔を出したのは翌日の昼過ぎ。

午前中はらさいファームと打ち合わせをしていたと、笑顔で語った。

「工藤さんはリモートワークにとても前向きでね。ぜひ進めたいって」

個人経営の農家が多い土地で、たった一人で法人化に踏み切った洋介さん。時代に即した働き方に対して、柔軟に対応できる思考を持っているようだ。

「向こうの準備が整い次第、東京にいながら仕事が続けられるよ」

「じゃあ……」

隼人さんの言葉に、母が興奮した様子でソファから身を乗り出した。

「美咲としゅんくんは、ずっとここにいられるんですね？」

「ええ」

「本当にいろいろとありがとうございます！　じゃあ昨日話したとおり、美咲としゅんくんはしばらく一緒の部屋を使ってちょうだい」

「それなんですが」

ウキウキする母の言葉を、隼人さんが遮った。

「美咲としゅんは、俺のマンションで暮らしてもらおうと思っています」

「はっ？」

私と母が、異口同音に声を発した。健吾と父は何も言わなかったけれど、目を丸くして隼人さんを見ている。

「六年間の空白を埋めるためには、一緒にいるのが一番だと思うんです。特にしゅんは俺に対して不安を抱いているようですし……親子関係を一から構築するために、離れて暮らすのは得策ではないと思いまして」

「だけど……そんな……」

喜びが一転、母はまたもや泣きそうな顔でオロオロしだした。

「私たちだって六年ぶりに再会できたんです。なのにまた離ればなれになるなんて」

「今までのようなことにはなりませんよ。俺のマンションはここから車で二十分ほどの場所ですし、会おうと思えばいつでも会えるんですから」

「だったら伊波さんがうちに通ってきてもいいわけですよね？　それにまだ結婚したわけじゃないですし、美咲は実家にいるのが一番ですよ」

「母ちゃん」

興奮のあまりヒートアップしてきた母を、健吾が止めた。

「結婚してないっつっても、本来ならもう入籍してたはずの二人なんだぜ？」

「だけど実際は違うじゃない」

「そうだけど。でもさ、こういうことはまず、二人で話し合って結論を出すべきなんだって。しゅんの将来だってかかってるわけだし、俺たちが口出すことじゃねーよ」

「だけど……」

「あーもう、母ちゃんは黙ってて。姉ちゃんはどうしたいわけ？」

突然話を振られてドキッとする。

「一番の当事者である姉ちゃんは、一体どうしたいの？　伊波さんちに行く？　それとも母ちゃんの気持ちを大切にする？」

全員の視線を一身に受けて、思わずグッと言葉に詰まる。

だけど怯んでいる場合じゃない。意を決して口を開いた。

「隼人さんのところに行こうと思う」

「美咲⁉」

「今までのこと、これからのこと。隼人さんと話し合って決めなきゃいけないことが、たくさんあると思うの」

麻衣さんにも昨日言われたもの。ちゃんと話し合えって。

隼人さんが実家に通ってくれた場合、話し合える時間は限られてくる。週に数回、一日数時間程度の僅かな時間では、話し足りないような気がしてならない。だけど隼人さんのマンションならば、実家に滞在するよりも話し合う時間が増えるはず。

私の答えに隼人さんはパァッと顔を輝かせ、両親は見るからに肩を落とした。弟だけがあっけらかんと「姉ちゃんにしては決断早いじゃん」と笑っている。

「何を暢気に……健吾は美咲にいてほしくないっていうわけ？」

「そんなこと言ってねーよ。姉ちゃんの考えを尊重しようって決めたばっかなのに、母ちゃんが自分の考えを押しつけようとするのは、間違ってると思っただけ」

「だけど……」

「俺としては、姉ちゃんがこっちにいるってだけでも、万々歳だと思うけど？」

「母さん、健吾の言うとおりだ」

父が弟の意見に賛同した。思いがけない一言に、一同の視線が父に向けられる。

「昨日の美咲の様子だと、今すぐにでも向こうへ帰りそうな雰囲気だったのに、それでもこっちに残るって言ってるんだ。大きな進歩だろう」

「あのっ！　そのことだけど……私ね、まだこっちで暮らすとは決めてなくて……」

えっ……と、父の小さな声が聞こえた。

「昨日も言ったけれど、私の生活の基盤は今、向こうにあるし……それにしゅんの気持ちを考えると、簡単にこっちに残るって言えない」

しゅんにだって、あの子がこれまでに培ってきた世界がある。

自然でのびのび過ごせる環境。らさいファームのみんなや園のお友だち、特に姉弟みたいに育ってきた穂乃花ちゃんと離れ、私の一存だけで知らない土地、知らない人々の中で暮らせというのは酷なこと。

「しゅんの気持ちを無視することはできない。しゅんにも考える時間をあげたいの」

隼人さんと生活したら考えが変わって、ずっと一緒に暮らしたいと思うかもしれない。逆に、もう顔も見たくないと思う可能性もあるけれど……。

そもそも都会で生活できるかどうかも、暮らしてみなければわからないのだ。

「だけど、しゅんくんはまだ子どもでしょう？　どこで暮らすかなんて、美咲が決めちゃってもいいと思うけど」

母はそう言うけれど、私の考えは違う。

「たしかにしゅんはまだ子どもだけど、だからって私がこの子の人生を好きに変えていいわけじゃないわ」

私にとっては隼人さんと同じくらい、しゅんが大切。しゅんが隼人さんを受け入れるか否か、まずはそれを考える時間をあげないと。

「隼人さんと一緒に過ごしてみて、しゅんがどう感じたかを確認したいの。期間なんだけど、ひとまず九月まででお願いしたいなって」

「なぜ九月?」

「しゅんは来年、小学校入学でしょ。十月には入学前検診があるから、それまでにどっちに住むかを決めておきたくて」

「そうか……しゅんはもう小学生になるのか……」

隼人さんは口元を押さえて、感極まったように呟いた。

「出た答えによっては向こうに帰ることになるかもしれない。みんなには申し訳ないけれど……」

「いや、美咲の気持ちもわかるよ。しゅんにしたって、今の状況は戸惑いの連続だと思う。事を急(せ)いて反発を生んで、その後にまで影響を及ぼしたらまずい」

ただでさえ隼人さんに対して、素っ気ない態度を取っているのだ。その心配は多分にある気がする。

「あと五ヶ月ちょっとか。俺もしゅんとの関係性を築けるように努力するよ」

「ごめんなさい。よろしくお願いします」

「父ちゃんも母ちゃんも、それでいいよな？」

健吾の言葉に、父が頷く。

「美咲。お前は大人で、子どもの親にもなったんだ。俺たちがいちいち道を示さなくても、どうしたらいいかちゃんと考えて決断できるな？」

「……うん」

「なら父さんは反対しない。母さんのことも説得しよう。だから今度は、黙っていなくなるな。逃げ出したくなったらすぐに言え。美咲も健吾も、いくつになっても俺と母さんが守るべき大事な子どもなんだから」

静かだけれど力強い父の言葉に、胸が熱くなる。

「伊波さん。美咲としゅんを、よろしくお願いします」

深々と頭を下げた父の姿に、鼻の奥がツンとして涙が零れそうになった。

「もちろんです。今度こそ、美咲を守り抜きますから、ご安心ください」

「お父さん……隼人さん……」

涙声になった私の肩を、隼人さんがソッと抱き寄せた。

それを見たしゅんが、私の腰にしがみつく。

「ぼくもおかーさんを守るよ！　寂しくなったらキーちゃんも貸してあげるから！」

小さなナイトの発言に、一同から笑いが漏れた。

「しゅんに守ってもらえるなんて、お母さん凄く嬉しい」

「お父さんもしゅんと一緒に、お母さんを守っていいか？」

隼人さんに話しかけられたしゅんの肩が小さく跳ねる。しゅんは一瞬考えて、小さく「一緒でもいいよ」と答えた。そこに、昨日のような冷淡さは感じられない。私の言葉を受けて、しゅんなりに考えた結果だろう。

歩み寄る、というにはまだ程遠いけれど、少しだけ前進したように思えた。

「じゃあ早速今日から二人には、俺のマンションに来てもらうことにして」

晴れやかな顔で話す隼人さんに、「ちょっと待って」と健吾が水を差した。

「健吾くん、何か問題でも？」

「違くて。伊波さんちって、しゅんが安心して住める環境なの？　俺の先輩んちに小さな子どもがいるんだけどさ、家具とかそれなりの配慮がないと危険らしいよ」

どうなの？　と問う健吾の言葉に、隼人さんは言葉を詰まらせた。

「子どもって、思わぬ所でけがしたりするらしいよ。なぁ、姉ちゃん？」

「えっ、そうね……窓を勝手に開けて外に出ちゃうから補助錠は必要だし、テーブルの角に頭をぶつけたりするから、ガードがあると安心だけど」

「一刻も早く、必要な品を用意しよう」

「品物だけでいいの？　子どもは家の中でも走り回るから、床の防音対策とかあったほうがいいっても聞いたよ」

「まずはリフォームか」

「だと思うよ？　一緒に住むのは、しゅんが暮らしやすい家に整えてからにしなよ。んで姉ちゃんとしゅんは、それまでここで暮らせばいいじゃん」

　健吾の提案は隼人さんの意見を尊重しつつ、両親の気持ちも汲んだものだった。少なくとも隼人さんがリフォームをしている間は、私たちが実家を去ることはないとあって、これには両親も手放しで賛成した。もちろん私も異論はないけれど……。

「お役立ちグッズを揃える程度で充分よ？」

「しゅんのために、ベストを尽くしたいんだ」

　とはいえ九月まであと五ヶ月しかないわけだから、最速で工事を終わらせる……と隼人さんは言った。工事業者に関しては、伝手がいくらでもあるらしい。さすがは大手総合住宅メーカーＩＮＡＭＩの御曹司。

「うん……だけど、九月以降はどうなるか、本当にわからないわけだし」

「姉ちゃん、こういうときは黙って受け入れなって。伊波さんも姉ちゃんに、頼り甲斐があるってとこ見せたいんだよ」

健吾の言葉に、隼人さんの顔がほんのり朱に染まる。どうやら図星のようだ。

「じゃあ……お願いします」

「工事の間も毎日顔を出すから」

「そんな。お仕事があるでしょう？　毎日なんて疲れちゃうわよ。無理はしないで」

「美咲としゅんに会えたら、疲れなんて一気に吹き飛ぶさ。それとも美咲は、俺と毎日顔を合わせるのは嫌か？」

「そんなこと……あるわけない」

「よかった。そうと決まれば今日はこの辺でお暇するよ」

「え、もうですか？　もっとゆっくりしてらしたらいいのに」

引き留める母に隼人さんは、

「名残惜しいですが、一刻も早く二人を迎え入れるためにも、今日はこの辺で」

と、暇を告げた。

「一刻も早くって、まさか……」

「ああ。早速、工事業者の選定に入るよ」

早くもやる気充分の隼人さん。即決断、即実行なところは相変わらずだ。

「わかった……だけど私、何度も言うけど……」

「わかってる。美咲があそこをどれだけ愛しているかは理解した。戻りたいと願っていることも。だけど、だからといって俺も引き下がれない。だから今は、全員が納得できる未来に進めるよう、時間をかけて話し合いたい」

「話し合った結果、私の気持ちが変わると思う？」

「変わってほしいね。できることなら。だけど俺は美咲の気持ちが一番大事だから、やっぱり戻りたいって言うなら、ご両親の説得に加わるよ」

「……隼人さんは、それでいいの？」

「その場合は俺も向こうで暮らせばいい」

「本気なの？」

「もちろん。この件に関してもじっくり話し合う必要があるから、とにかくまずはリフォームの件を進めるよ」

隼人さんを見送ろうと玄関まで行くと、しゅんも後ろからテコテコ追って来た。

「しゅん、お父さん今日はバイバイだって」

「また明日来るからな」

そう言ってしゅんの頭を撫でる隼人さん。しゅんの頬が、パッと赤く染まる。

「……………バイバイ」

蚊の鳴くような声で言ったしゅんは、ダッシュでその場から逃げ出した。

「嫌われたかな？」

隼人さんが、不安そうに呟く。

「お父さんに頭を撫でられて嬉しかったんだと思うわ」

「そっか」

私の言葉に隼人さんはホッと息を吐いた。しゅんの一挙手一投足が気になって仕方ないようだ。

「じゃあ、また明日」

「うん……待ってるね」

私の言葉に隼人さんの頬が、赤くなった。

その顔はさっきのしゅんとそっくりで、少しだけ笑ってしまった。

隼人さんは宣言どおり、毎日我が家にやって来た。

仕事の関係ですぐ帰る日もあれば、親子三人で水入らずの時を過ごすことも。

側にいなかった六年を埋めるように、丁寧に重ねられていく時間。

隼人さんに対して塩対応だったしゅんも、少しずつ慣れてきたようだ。話しかけられると素直に返答することが増えた。

とはいってもまだ笑顔で積極的に話せるようになってはいないし、そもそも二人きりになりたがらないけれど。

「でもだいぶ打ち解けてきたと思わないか?」

しゅんに冷たくされても、全くへこたれない隼人さん。この前向きな姿勢は、ぜひとも見習いたいところ。

「この調子でいけば、だいぶ仲良くなれそうな気がするんだけど」

「しゅんは基本的に積極的な子だから、一度心を許せばあとは早いと思うわよ」

でも今回は、なかなか難しいようだ。

出会いが出会いだったからな……妙な誤解を与えたまま、フォローもできずにいた私としては責任を感じてしまう。

「これも全部、私がしゅんの前でおかしな態度を取っちゃったせいよね」

「気にするなって。それに今のしゅんは、付き合い始めの頃の美咲を思い出して、結構面白いよ」

「……私、あんな感じだった？」

少なくとも愛想笑いくらいはしてたと思うけれど。

そう回想するも、隼人さんはそれを否定した。

「あの頃の美咲は、近寄った人を全身で警戒する、小さな子猫みたいだったな。それに結構頑固で、俺の言葉を全然信用してくれなくて、その辺もしゅんはそっくりだ」

クックツと笑う隼人さんに、何も言い返せない。

たしかにあの当時の私は、隼人さんに告白されても全く信じていなかったし。だって大企業の御曹司が町工場の娘を見初めるなんて、シンデレラみたいな都合のいい話がそうそうあるわけないじゃない。

「でも今は違うわよ」

いろんなことが起こり、前よりもっと隼人さんを信じられるようになった。

成田さんの嘘は今思い返しても悔しいけれど、あれがあったからこそ得られたものも、たしかにあるのだ。

「ちゃんと信じてるから」

「じゃあ俺が愛してるって言ったら、それも信じる？」

「それは……」

私を六年間も捜し続けてくれて、今は一緒に住むためにいろいろ動いてくれている隼人さんの愛を、今さら疑うはずもない。

コクリと頷いた私を、隼人さんがキュッと抱きしめた。

壊れ物を抱くような、優しい抱擁。逞しい胸板にソッともたれると、力強い心音が聞こえた。温かな体温とムスクの香りに酩酊感（めいていかん）を覚えながら、ソッと目を瞑る。

「愛してる」

心が蕩けるくらい優しい声音で囁かれ、なんだか無性に泣きたくなった。

そして二ヶ月後。

隼人さんが住むマンションのリフォームが、ついに完成したのだった。

＊＊＊

隼人さんのマンションへ移る日は、栗原家総出で引っ越しを行うことに。

私としゅんの荷物はそれほどないから、全員でやらなくてもいいと断ったのだけれど、両親は頑として聞き入れてくれなかった。

「姉ちゃんとしゅんが住む所を、直接見ておきたいんだろ」

そんなことを言いながら、健吾は段ボール箱にしゅんのおもちゃを詰めている。ニヤニヤしながら話しているのが、ちょっぴり腹立たしい。

「別に健吾が来る必要はないと思うけど」

「伊波さんちがどう変わったのか、俺も直接見ておきたいわけよ」

そんなこと言って、絶対に野次馬根性丸出しなのが見え見えだ。

とはいえ、健吾がしゅんをかわいがっていることもたしかなわけで。

今しゅんが手にしている歌の絵本は、健吾が買ってきてくれたものだ。

母は出かけるたびにしゅんの服を買ってきて、父なんて高級外車を模した電動乗用カーを購入し、そのときはさすがに母から怒られた。

「うちのどこに、その車を走らせるスペースがあるっていうのよ！」

「廊下があるじゃないか」

「あんな狭くて短い廊下で楽しめるわけないでしょう？　玄関の段差で落っこちたりしたら、けがしちゃうじゃない！」

結局車はバッテリーを一度も充電することなく、私の部屋に置かれることとなった。

その結果にしょぼくれる父だったけれど、しゅんは大喜びで動かない車に乗っては運転ごっこを楽しんでいるので、結果オーライかもしれない。

なんだかんだと濃密だった二ヶ月間。両親ともようやく以前のように話せるようになり、しゅんもみんなに懐くようになった。

この家に戻ってきたばかりのときは複雑な思いばかりが勝っていたけれど、いざ隼人さんのマンションへ行くとなると少しだけ寂しい気持ちがする。

「部屋はこのままにしておくから、いつでも戻ってきていいのよ」

母の言葉に健吾が「姉ちゃんは多分戻ってこないんじゃね？」と水を差す。

「てかさ、戻ってこないほうがいいんだよ。伊波さんと同居解消ってことはつまり、姉ちゃんが向こうに戻るってことだろ？」

しゅんが東京に住むのはやっぱり嫌だと言ったら、私たちはらさいファームに戻る。その予定は揺るがない。

隼人さんとの同居解消は、東京から去るということに他ならないのだ。

「姉ちゃんとしゅんにまた会えなくなったら寂しいだろ？　だから戻ってこいなんて言うなよな」

「そんなことはわかってるわよ！　わかってるけど……」

しょぼくれて肩を落とす母の背中を撫でる父が「健吾も親になったらわかる」と諭

している。

「大丈夫。どんな結果になったとしても、頻繁に顔を出すようにするから」

「約束よ。信じていいわね?」

「うん。今度はもう、何があっても黙って逃げたりしない」

逃げても何も解決しない。それを私は学んだのだから。

「ところで伊波さんとの待ち合わせ時間が近づいてるぞ。お喋りばかりしてないで、準備ができたらそろそろ荷物を車に積み込もう」

「はーい」

洋服を詰め終えた鞄を健吾に預けて、しゅんを振り返る。

「しゅん。そろそろ行こうか」

「絵本、持っていってもいい?」

「もちろん」

「あの車も持っていってもいい?」

父に買ってもらった車のことを、心配そうに聞くしゅん。

「うん。大丈夫だって」

その辺りは隼人さんに確認済みだ。

隼人さんのマンションは六年前に何度か行ったことがあったけれど、一人暮らしとは思えないほどの広さがあったから、車を走らせても大丈夫な気がする。

気になるのは音の問題。下のお宅に思い切り響くのは間違いない。だけどそこも問題ないと言ってくれたので、今回車を持っていくことにしたのだ。

「だけど壁や窓に激突したら危ないから、気をつけて乗らないとね」

「はーい」

「じゃあそろそろ行こっか」

「うん」

しゅんと手を繋ぎ、玄関へと向かう。

「キーちゃんは、気に入ってくれるかな？」

自分のことより、キーちゃんの心配をするしゅんに、思わず頬が緩む。

「お父さんがしゅんのために張り切って直したお家だから、キーちゃんもきっと気に入ってくれると思うよ。しゅんはどう？　お父さんは嫌い？　一緒に暮らすの、まだ不安？」

「わかんない……でもね、ぼくね、本当は嫌いじゃないの」

内緒話でも打ち明けるように、声を潜めて言うしゅん。

「だけどね、どうしたらいいか、まだわかんないんだ。ごめんなさいもしてないし」

「ごめんなさい？」

「うん。最初にね、フンッてしちゃったでしょう？」

どうやら初対面のときに怒鳴ったことを言っているようだ。しゅん自身、あの日の態度が忘れられず、ずっと心に引っかかっているのかもしれない。

「ごめんなさいは難しい？　穂乃花ちゃんとは喧嘩しても、すぐ仲直りできるのに」

「穂乃花ちゃんとは違うもん」

実の姉弟のように育ってきた穂乃花ちゃんと、つい二ヶ月前に会ったばかりの隼人さんとでは、しゅんの態度が変わるのもしょうがない話。これればかりは時間が解決してくれることを期待するしかない。

「いつか、お父さんにごめんなさいって言えるといいね」

「うん……しゅんのこと許してくれるかな？」

「もちろんだよ。だってお父さんはしゅんのことが大好きだから」

「ほんと？　しゅんのこと嫌いじゃない？」

「嫌いだったらね、一緒のお家で暮らそうなんて言わないよ」

私の言葉にしゅんはホッと息をついた。

そんなしゅんの様子に私は、「嫌いじゃない」が「好き」に変わる日は、そう遠くなさそうだと予感したのだった。

＊＊＊

実家から隼人さんのマンションまでは車で約二十分。聳え立つタワーマンションに、しゅんは口をあんぐり開けてビシリと固まった。

両親もここに来るのは久しぶりのようで、母などはすっかり及び腰になっている。

それもそのはず。

一流ホテルと見間違うほど立派な外観と豪華な内装。エントランスを抜けたところにあるラウンジにはカフェが入っていて、軽食はもちろん夜にはお酒も楽しめる。フィットネススタジオやプール、キッズルームも完備されていて、住民ならいつでも利用可能。また敷地内には某高級スーパーとコンビニまで併設されているから、買い物にも困らないという、豪華極まりないマンションなのだ。

「さすがはＩＮＡＭＩの御曹司って感じ。俺なんて、逆立ちしたってこんなとこ住めねーわ」

乾いた笑いを漏らす健吾。私だって隼人さんとこういう関係にならなければ、住むどころか中に入ることもなかっただろう。

栗原家一同がぎこちない歩みで中に入ると、コンシェルジュが隼人さんの待つラウンジまで案内してくれた。

「美咲」

私たちに気づいた隼人さんが、片手を上げてソファから立ち上がった。

ネイビーのVネックシャツにグレージュのチノパンというラフな格好なのに、スタイル抜群の隼人さんが着ると目が離せないほど輝いて見えるから不思議だ。

「皆さんも、今日はありがとうございます。午前中に仕事が入らなかったら、私が迎えに行ったんですが」

「いや、これくらいのこと気にせんでください」

「俺もさ、リフォーム後の様子が見たかったんだよね」

「そこはもう、期待してくれ」

不敵な笑みを浮かべる隼人さんの先導で、やってきたエレベーターに乗り込む。目指すは三十階。隼人さんの部屋は最上階にあるのだ。

「さあ、どうぞ」

中に入ると、室内が想像以上に様変わりしていることに驚いた。

艶やかだったフローリングは一面カーペット素材のジョイントマットが敷き詰められていて、家具の角はコーナークッションで保護されている。これならしゅんが躓いたりしても、大けがをする心配はなさそう。

「壁紙も変えたの？」

無地のオフホワイトが部屋をより明るく見せていたはずが、今は一面淡いアップルグリーンになっていて、窓外に広がる青い空ととてもマッチしている。

「汚れに強くて抗菌素材のものに張り替えたんだ」

ジョイントマットも撥水効果のあるもので、やはり抗菌素材らしい。

リフォームにあたり、隼人さんは子どもがいる社員に対して、子どもと暮らすのに最適な理想の住まいを聞き出したのだという。その結果を参考にしたうえで、工務店と話し合いを重ねて改修したと聞き、驚きを通り越して唖然としてしまった。

「洗面台は踏み台を収納できるように、ユニット式から造作洗面台に変えたし、浴室も滑りにくい床にした。ベッドは落下防止の柵がついたものを買っておいたよ」

「しゅんのためにそこまで……」

「俺も初めはしゅんのためだけだったんだけど、これが思わぬ方向に転がってさ」

隼人さんの動きは伊波のお父さまの耳にも入ったそうで、ならばいっそこの経験を活かして『子どもが快適に過ごせる家づくりプロジェクト』を立ち上げ、商品化したらどうかという話が持ち上がっているらしい。

今はまだ企画段階とのことだけれど、それが通れば隼人さんもプロジェクトメンバーの一員として、仕事をすることになるそうだ。

「今までの俺だったら考えもしなかった企画だし、父から直接仕事を任されたのも六年ぶりだから、本当に嬉しかったな。これも全部、しゅんのおかげだよ」

不意に名を呼ばれたしゅんが、驚いた顔で隼人さんを見上げた。

「しゅんがね、お父さんのお役に立ったんだって」

「ありがとうな、しゅん」

隼人さんにお礼を言われて恥ずかしかったのか、しゅんは胸に抱いたキーちゃんにボフッと顔を埋めて黙りこくった。

「どうした、しゅん!?」

突然の行動に驚いた隼人さんを見て、母がケラケラ笑った。

「お父さんから褒められて、しゅんくん照れてるんですよ」

「しゅん、そうなのか?」

そう問われて素直に「ハイ、照れました！」なんてことは言えないようで。

モジモジながら、いつまで経っても顔を上げないしゅんに、健吾が、

「しゅん、こっち来て見てみろよ。凄いのあるぞ！」

と声をかけた。

ほんの少しだけ顔を上げたしゅんは、健吾の指さすほうを見て、わぁぁっ！　と歓声を上げた。

部屋の奥に、小さなブランコとスライダーがついた小型のジャングルジムと、木製おもちゃの数々が置かれていたのだ。

「これ、お父さんがしゅんのために用意したやつじゃね？」

「ぼくの？　ぼくが遊んでいいの!?」

「俺に聞かれてもわかんないって。お父さんに聞いてみればいいじゃん」

しゅんは一瞬動きを止めたものの、ゆっくりと隼人さんを振り返ると「これ、ぼくの？」と恐る恐る尋ねた。

「ああ。しゅんが家の中でも遊べるようにって思ってね。遊んでみるか？」

ふぉぉーっと喜びの声を上げたしゅんは一目散にジャングルジムへ行き……かけたところでピタリと止まり、クルリと隼人さんに向き直った。

「ありがとう!!」

真っ赤な顔で元気にお礼を言うしゅんに、隼人さんは胸の辺りをグッと押さえて小さく呻(うめ)いた。

「凄い破壊力……笑顔が美咲にそっくりだ」

「どう見ても隼人さん似よ?」

「表情の作り方というか、笑ったときの雰囲気というか。とにかく美咲にそっくりすぎて、心臓がもたない」

「もう、馬鹿なこと言って……ねぇ、しゅん。あまりバタバタ音を立てたら、下の階の方に迷惑よ」

「大丈夫。床や壁の防音対策も完璧だから、ちょっとやそっと騒いだくらいじゃ絶対に音は漏れないよ。施工会社が太鼓判を押したから、安心してくれ」

隼人さんのマンションで暮らすにあたり、一番懸念していたのがしゅんの足音や声だっただけに、それを聞いて安心した。

「それからおもちゃの車の件なんだけど、さすがにリビングに走らせるスペースがないから、空いてる部屋を丸ごとしゅんのおもちゃ部屋にしようと思って」

「え、それはさすがにやりすぎじゃ……」

「だけどあの車で思い切り遊べれば、しゅんだけじゃなくお義父さんも喜ぶだろう」

「それはまぁ、たしかに」

買ったはいいものの、実家にいるときは一度も走らせたことがなくて、父が残念がっていたことは家族全員が知るところ。

「そこはもともと、家具すら置いていない本当の空き部屋だから、おもちゃ部屋にしてもなんの問題もない」

ちなみにしゅんの寝室は別に用意していて、今後どうするか決断するまでは私もそこで寝泊まりできるよう、簡易ベッドを置いたと隼人さんは言った。

「本当は俺の寝室に来てほしいけど、まだそこまでの決心はついてないだろう？」

隼人さんの言うとおり、同居してすぐ一緒に寝るのは躊躇われる。

過去にはしゅんを授かった一度だけしか、肌を合わせたことがないのだ。いきなり同室で一緒に寝るのは、少し戸惑ってしまう。

それをちゃんと理解して配慮してくれる隼人さんには、本当に感謝しかない。

「ごめんね」

「謝ることはないよ。その代わり」

耳元に、隼人さんの顔が近づく。

「ここに残るって決めたら、その日から俺の寝室に移ってもらうから」

「……っ！」

吐息混じりに囁かれ、一瞬で顔が熱くなる。

いくら内緒話とはいえ、家族のいる前でこんなこと！

「あら、美咲。どうしたの？」

赤らんだ頬を両手で隠した私に気づいた母が、訝しげに問う。

「な、なんでもないのっ！」

咄嗟にそう答えたけれど、一度熱を持った頬はなかなか冷めてくれなくて。

ジロリと睨んだ私を見てニヤリと笑った隼人さんを、少しだけ恨めしく思った。

8

些細なハプニングがあったりしながらも、引っ越しは滞りなく済み、ついに私たちは家族三人の暮らしを始めることとなった。

しゅんは隼人さんのマンションに来てから、ずっとはしゃぎっぱなし。興奮冷めやらない状態で、なかなか寝ついてくれなかった。

それでもようやく眠りに就いたので、起こさないよう静かに部屋を出る。いつもより二時間ほど多くかかった寝かしつけタイムに、なんだかグッタリだ。

喉が渇いたのでキッチンへ向かうと、リビングにいる隼人さんを見つけた。

「隼人さん。お仕事？」

ノートPCを前に、何やら入力している隼人さんに声をかける。

「処理が残ってるものがあってさ。ちょうど今終わったところ。しゅんは寝た？」

「ようやくね。寝つきはいいほうなんだけど、今日はなかなか。私、何か飲もうと思うんだけど、隼人さんは？」

「じゃあ俺が用意するから、美咲は座ってて。お茶がいい？　それともアルコールにする？」

「お茶がいいな」

「了解」

颯爽と立ち上がった隼人さんは、お茶を淹れるためキッチンに向かった。

それを待つ間、窓の外に目を向ける。外には一面、東京の夜景が広がっている。そういえば六年前もこの部屋で夜景を見たっけ。

さまざまな色や形で輝きを放つネオン。まるで光の洪水のような光景は、あの頃と何一つ変わらないように思えた。

「お待たせ」

カップを手に、隼人さんが戻ってきた。ふんわりと漂う、ベルガモットの香り。

「美咲、アールグレイ好きだったろ？」

「覚えててくれたんだ」

「俺が美咲のことを忘れるわけがないだろう」

「隼人さん……」

「美咲は？　離れていた六年の間に、俺のことなんてすっかり忘れてしまった？」

「私も……忘れたことなんて、一度もなかったわ」

「一緒だな」

顔を合わせて、ふふふと笑う。

六年前、婚約していた頃も、こうして一緒に笑い合ったっけ。

当時のことを思い出し、懐かしさに胸が軋む。

「あのとき、成田さんの嘘を信じてしまって、本当にごめんなさい」

「いいんだ、もう」

隼人さんが、私の手の上に自らの手を重ねる。

大きくて、温かい。

「こうして美咲と再会できたうえに、しゅんってかわいい子どもにまで会えたんだ。俺は充分満足だよ」

「だけど私が失踪したせいで、隼人さんは多くを失ってしまったんでしょう？　健吾から聞いたの。私のせいで隼人さんが社長を辞めさせられて、別の会社に異動になったって。それが本当に申し訳なくて……」

健吾くんか……そう言って隼人さんは、クシャリと髪を掻き上げた。

「あれは俺が悪かったんだ。後になってよく考えてみたら、たしかに美咲の様子がおかしかったのに、あのときの俺は浮かれきっていて、そのことに気づけなかった」

今思えば酷く傲慢だった……と自嘲の笑みを浮かべる隼人さん。

「私だって悪かったの」

忙しい隼人さんに心配かけたくない一心で、全部隠すことに決めたのは私自身だ。

隼人さんだけが悪いわけじゃない。

「私ね、わかったの。六年前、何が一番だめだったのかって。それはね、私自身の心の弱さだったのよ」

成田さんの件はきっかけにすぎない。

誰かに迷惑をかけたくない——その気持ちが、自分自身を追い込んだのだ。

幼稚園のときのことがトラウマになって、人と積極的に関わるのを拒否し続けた過去の自分。一度、男の子に虐められた私を庇ってくれた女の子が、嫌がらせの標的になったことがあって、誰かを巻き込んじゃいけないという気持ちが生まれた。

その後はなんとなく親しい友人を作る気にもなれず、いつも一人ぼっち。寂しいという気持ちはあったけれど、私のせいで誰かが傷つけられるのはもっと嫌だった。

そんなふうに過ごしていたせいか、次第に人に頼れない性格が形成されていって。

だから隼人さんと婚約したときに成田さんから悪意をぶつけられても、自分一人で解決しなくちゃと思い込んでしまったのだ。

「行き詰まってパニックを起こした私は、逃げることしかできなかったけれど……それを変えてくれたのがらさいファームのみんななの」

一人で抱え込まなくていい。人はみんな支え合わないと生きていけないんだから、自分の中に抱え込まず、どんな些細なことでもまずは話してほしい……そう言ったのは洋介さんだった。

とは言われても、性格なんてそうそう変わるものではない。自分の心の内を曝け出すのは今でも苦手だし、現に今だって「これを言ったら迷惑になるんじゃ……」と、まず先に考えてしまう。

だから洋介さんの言葉は私にとって、難易度の高いハードルだったのだけれど。

——でも、このままじゃいけない。

行き詰まって逃げるのは簡単だ。けれどもう、私は一人じゃない。

しゅんのためにも、強くならなきゃ。

そう考えた私は、自分の気持ちを伝えられるよう、努力を重ねた。

六年という長い時間をかけて、ゆっくりと。

その結果、周囲との仲が深まったことは言うまでもないし、私もらさいファームの一員で間違いないんだという気持ちが育っていった。

「私が頼った分、ほかのみんなも私を頼ってくれる。決して一方通行ではない関係性が、途轍もなく嬉しくて」

麻衣さんたちに出会って初めて、本当は隼人さんともそういう関係を築いていくべきだったんだってことに気づいた。

　頼るだけじゃなく、なんでも話し合って解決できる、対等な関係。

　迷惑をかけるかもしれないと一人で勝手に決めつけず、まずは迷惑かどうか確認することから始めることが必要だったのに。

　そうしなかった過去の自分を、ずっと悔やんだ。

「俺には言えないって美咲に思わせてたことが、俺の最大の失態だった。それを父に指摘されてね」

　生涯の伴侶になる女性が、失踪するほど悩んでいたことに、なぜ気づかなかった。今回のことは起こるべくして起こったことだと、激しく叱責されたそうだ。

「それで一から出直せと言われてね。凋落と嗤う奴もいるけれど、人の下で働くようになって初めて見えてきたものも増えたから、結果的にはよかったと思うよ」

「でも……」

「これからは、何か悩みや疑問が生まれたら、どんなことでも話し合おう。俺たちに欠けていたのは、そういう些細なものだと思うんだ」

たしかに私が、自分の気持ちを素直に打ち明けられなかったせいで、それを成田さんに利用され、空白の六年間が生じてしまったのだ。

もう二度とあんなことを繰り返したくない。

「あの一件で、自分がどれだけ取るに足りない人間なのかってことも理解できた。あのままじゃ俺は、人の気持ちを理解できない身勝手な経営者になっていただろう。それに気づけたのは全て、美咲のおかげだよ」

「お礼を言いたいのは私のほうよ。栗原工作所のことも助けてくれたんでしょう？新規の取引先を紹介してくれたって、健吾が言ってたの」

「俺も栗原家の皆さんには随分と支えてもらったから。それに社長を降りたことで自由に動けるようになってさ。おかげで栗原さんに仕事の橋渡しもできたんだ。余計な接待や出張が以前よりも減ったからＴＶを見る余裕も生まれて、美咲を見つけられたんだから、万々歳だ」

屈託のない笑みを浮かべる隼人さん。キラキラと眩いばかりの笑顔から、今の言葉が本心であることが伝わってきた。

「気づきの多い六年間だったよ。俺なりに成長できた気もするし。だけどいつまで経っても満たされることはなかったな。美咲が側にいないから」

「私以外に、好きになれそうな女性は見つからなかったの？」

「全く」

「隼人さんなら、お見合いの話が来ててもおかしくなさそうのに」

「正直に言うと、話は来てる。美咲がいなくなった直後から」

私という邪魔者がいなくなる瞬間を、誰もが虎視眈々と狙っていたのだろう。私が失踪した話が広まった瞬間、各所から問い合わせや申し出が殺到したのだという。

受け取りを拒否してもなお届く釣書。ほかにもパーティーなどの席でお嬢さんを紹介する人が増え、女性からのアプローチもあからさまになった。特に成田さんは業務上共に過ごす時間が長いせいで、うんざりするほどしつこかったらしい。

当時のことを思い出したのか、隼人さんは顔をしかめた。

そんな状況でも隼人さんはその全てを拒絶して、私を捜し続けてくれたのだ。

「でもどうして私なの？　私なんてなんの取り柄もないし、ＩＮＡＭＩのことを考えたら、もっと相応しい女性がいるんじゃないの？」

家柄や学歴が優れた人のほうが、将来ＩＮＡＭＩを背負って立つ隼人さんのためになると思う――成田さんのあの言葉だけは、私は今でも納得している。

「私たちが一緒にいた時間は、一年にも満たなかったでしょう。お互いを充分に知ることだってできていなかった気もするし……六年かけて捜したこと、後で悔やむ日がくるかもしれないじゃない」

けれど隼人さんは、私の疑問に首をゆるゆると振って否定した。

「前にも言ったよね。美咲を見た瞬間、俺が求めていたのは君だと直感したって」

一点の曇りもない瞳に射貫かれて、胸が熱くなる。

「長い時間をかけて交際すれば、お互いの為人も熟知できるし、信頼する心と絆が増すという利点はあるだろう。俺も昔は、そう考えていた時期もあった。だけど美咲に会った瞬間、その考えが吹き飛んだよ」

なんとしても手に入れたいと渇望する心が生まれた……そう告白した隼人さんは、私の手をギュッと握りしめた。

「美咲以外はほしくないって、心が叫ぶんだ。こんな気持ちになったのは、美咲だけだよ。それに、美咲がどうしても家名が気になるなら、俺はＩＮＡＭＩを捨ててもいいと思ってる」

「捨てるなんて……だめよ、そんなこと」

「今まで手にしてきたもの全てを捨てることで美咲の側にいられるのなら、ＩＮＡＭ

Ｉの後継の座なんて惜しくない。俺にとっては美咲のほうが大切だから」

「隼人さん……」

「美咲じゃなきゃ駄目なんだ。美咲は？　美咲にとって俺は、もはや過去の男でしかない？」

不安げに揺れる瞳を見つめながら、「ううん」と小さく呟いた。

会えない寂しさで、枕を濡らす夜もあった。

しゅんのふとした表情に隼人さんの面影を見つけては、胸が切なくなったことも一度や二度ではない。

私はいつだって、隼人さんを求めていたのだ。

「じゃあこれから一生、俺の側にいてくれる？」

「それは」

どうしたらいいのか、正直に言うと自分でもわからない。

しゅんのこと、仕事のこと……私には背負うものができてしまった。感情のまま、一人で好き勝手に行動できるようなまねは、もうできない。

同居は始まったばかり。どうなるか見通しのつかない状態で、期待を持たせる発言をするのは躊躇われる。

私の迷いを察してくれたのだろう。隼人さんは握っていた手に力を込め、優しく微笑んだ。

「ごめん。早計だったな。ちょっと舞い上がりすぎたみたいだ」

「ううん、私のほうこそ……」

「いや、気にしないでくれ。今はここにいてくれるだけで充分だって思わなきゃな」

「本当にごめんね。でも……ありがとう」

「もう、美咲を困らせるようなことはしないって約束する。だけど一つだけ、お願いを聞いてくれないか」

「お願い？　どんな？」

「美咲は以前、らさいファームこそが自分の生きる場所って言っていたけれど、ここも美咲の居場所なんだって思ってもらいたいんだ」

「でも、この先どうなるかはまだ……」

「わかってる。美咲としゅんが向こうに帰る可能性があることも理解している。だけど六年前にあんなことが起きなかったら、美咲が居場所と思ってくれたのは、らさいファームじゃなくてここだったはずだ」

たしかに六年前、入籍後はこのマンションで新婚生活を送ることが決まっていた。

成田さんの横やりさえ入らなければ隼人さんの言うとおり、ここが私の生きる場所になっていたことだろう。

「俺はあの頃と変わらず、ここを美咲の新たな居場所にしてほしいって思ってる。もちろんしゅんにも。俺と過ごしているうちに、ここも自分たちの生きる場所なんだと感じてもらえるよう、努力するから」

「……わかったわ」

隼人さんの真剣さが痛いほど伝わって、これ以上は反論する気になれなかった。

私の言葉に隼人さんは安堵の表情を浮かべて、ホッと息をついた。

「よかった。お断りだ！　って一蹴されたらどうしようって、実は怖かったんだ」

「そんなに不安だったの？」

「当然だよ。しつこい奴って呆れられるかもしれないだろ？　自分でもわかってるんだ。美咲に対する執着心が、半端ないってことは」

でも俺にはこれしかできないから……隼人さんはそう言って、苦笑した。

そういえば隼人さんは、たしかに昔からそんな感じだった。

押しが凄くて強引で。両親の前で交際宣言やプロポーズまでした人。

「だけど私、そんなところも大好きだったわよ」

あれこれ一人で考えて、モダモダ悩みがちな私には、自分と真逆の隼人さんが眩しく思えて、どんどん惹かれていったんだ。

私の言葉に、むしろ隼人さんが戸惑いの表情を浮かべる。

「そんなこと言ったら、また愛してもらえるかもって期待するぞ」

「えっと、それは……」

「いや。今の言葉を聞けただけで、本当に満足だ」

熱い眼差しが私に向けられる。

隼人さんから、目が離せない。胸がトクトクと早鐘を打つ。

静かに見つめ合っていると、隼人さんの顔がゆっくりと私に近づいてきた。彼が今、何を望んでいるのか、すぐに察した。

六年ぶりの甘いくちづけの予感に心ときめかせながら、ソッと目を伏せたとき。

「うわーーーーん!!」

しゅんの声に二人の体がビクッと跳ねた。

「おかーさーん、どこーーー!?」

私を求めて泣く声は、隼人さんが作り上げた艶めいた雰囲気を一瞬にして霧散させ、二人の間になんともいえない微妙な空気が流れた。

泣き続けるしゅんの声に促されるように、隼人さんからソッと距離を取る。

「ごめん、普段は夜泣きをしない子なのに。環境が変わって落ち着かないのかな？」

「じゃ、じゃあすぐに行ってあげたほうがいい……のかな？」

「うん、そうね……私、もう行くわ。お茶、ごちそうさまでした」

そそくさとソファから立ち上がり、しゅんの待つ寝室へと向かう。最後に一瞬チラッと振り返ると、隼人さんはガックリと項垂(うなだ)れていた。

その気持ち、わかる気がする。私もちょっと、残念だなって思ったから……。

「おかーさーん‼」

しゅんの声にハッとする。今はこんなことを考えてる場合じゃない。

「ごめんね、しゅん。お母さんがいなくてビックリしちゃったね」

泣きじゃくるしゅんを抱きしめながら、これからはもっといろんなことが起こるんだろうな、なんてことを漠然と考えた。

今まで父親の存在を知らず、私と二人暮らしをしていた期間の長いしゅん。

一人暮らし歴は十年以上、小さな子どもと同居したことのない隼人さん。

そして私。

こんな三人が一緒に生活するのだ。楽しいことだけじゃなく、もしかしたらトラブルが続出するかもしれない。

そう覚悟していた私だけれど、まさか予想外の悩みを抱えることになるなんて、このときはまだ気づいていなかったのだった。

＊　＊　＊

「おかーさーん、見て見てー！」

しゅんの元気な声がリビングに響き渡る。

「キーちゃんと一緒に滑るよー。ねー、見ててよー」

リビングに置かれたジャングルジムで遊ぶしゅんが、焦れたように私を呼ぶ。

「あー、ちょっと待っててね…………っと。うん、もういいよー」

「行っくよー！」

キーちゃんを抱っこしながら、スライダーから勢いよく滑り降りる。

「見てた？」

「うん、見てた。かっこよかったよ」

私に褒められたことが嬉しかったようで、しゅんはエヘヘと照れ笑いした。

「じゃあもう一回行くからね。今度はキーちゃんが先に滑るよ！」

え、まだやるの……と言いたい気持ちをグッと堪えて、しゅんに手を振る。

隼人さんが仕事に出ている日中は、しゅんと私の二人きり。梅雨入りしたせいで毎日天候が悪く、家の中で遊ぶしかなかった。

幸いにも家にはおもちゃやＤＶＤがたくさんあるし、飽きたらマンション内のプールやキッズルームで遊ぶこともできる。おかげでしゅんは文句も言わず、毎日楽しそうに過ごしている。

そんなしゅんを見守りながら、私は仕事をしているのだけれど……。

「おかーさーん！」

何かするたびに声をかけられるものだから、仕事が全く進まない。

らさいファームにいたときは、しゅんと穂乃花ちゃんを保育園に通わせていたので、私も麻衣さんも仕事に没頭できていたのに。

改めて保育園の偉大さを実感する。

しゅんをどこかに預けられれば問題は解決するのだろうけれど、三ヶ月後にどうなるかわからない状況で保育園の申し込みはできない。ファミサポを利用できるのは区内在住・在勤者のみで、書類上は独身の隼人さんの名義で利用することもできず。

リモートワークを始めてすぐの頃は麻衣さんと作業を分担していたし、勤務条件を大幅に変更してもらって空いている時間に仕事を片づければよかったので、そう大変な思いはしなかった。ちょうど実家にいたときだから、私の仕事中は母がしゅんを見てくれたことも幸いしていた。

けれどリンゴの摘果と袋かけ作業が始まり、麻衣さんも畑に行く必要が出てきた。

つまり事務作業は、私一人が担当しなければならないという状況で。

勤怠表の管理を始め、売上げや経費などのデータ入力、今の時期は臨時アルバイトさんの農作業受託料なども、帳簿に記載しなければならない。農家は案外、事務作業も多いのだ。毎日しっかり進めたいと思っているのに、ちっとも進まなくて困ってしまう。

母に頼めば、毎日しゅんの面倒を見てくれそうな気はする。けれど今は離れて暮らしているし、毎日電車で三十分弱かけて通ってほしいと、お願いしづらい。

しかも母にも栗原工作所の仕事があるのだ。主に父のサポートをするだけだから、毎日出社する必要はないと言っていたけれど、私のために頻繁に休んでほしいなんてわがままは言えないし。

進まない作業と、どんどん溜まっていく仕事に、絶望感すら覚えてしまう。

世のお母さん方は、一体どうやってリモートワークをこなしているんだろうか。コツがあるなら、本気で教えてほしい。

「おかーさん、ねえってば!!」

しゅんの声にハッとする。

「ごめんごめん。お母さん、ボーッとしちゃった」

「もー、ぼくのお話、ちゃんと聞いて!」

しゅんはまだまだ元気いっぱい。しばらく遊び続けるだろう。次は父に買ってもらった車を走らせたいそうだ。

これはもう、しゅんが寝ている間に仕事を片づけるしかなさそう……諦めた私はいったんPCの電源を落として、続きは翌日の早朝行うことにした。

夜に仕事ができればいいのだけれど、しゅんの添い寝をするとうっかり一緒に寝てしまう。しかもほぼ確実に。

多分子ども特有の少し高い体温と、規則的に聞こえるあの呼吸音がいけない。起きていようと頑張っても、いつしか睡魔に襲われて、気づけば朝を迎えているのだ。

二人暮らしのときは、それでもよかった。夜は特にやることがないので、むしろしゅんと一緒に早寝早起きするという健康的な生活ができたから。

だけど今は違う。

私が早く寝てしまうと、夜遅くに帰ってきた隼人さんと顔を合わせる機会がなくなってしまうのだ。朝は前日終わらなかった仕事を片づける必要があるので、話も碌にできない状態だ。

隼人さんに、帰宅したら私を起こしてくれるようお願いしたけれど、寝不足で体を壊したりしたら困ると、却下された。

そのため、隼人さんにしゅんの様子をあまり伝えることができず、逆にしゅんから、

「おとーさん今日は何してるのかなぁ？」

なんて聞かれても、

「……お仕事かな？」

くらいしか答えられない。

「今日何時に帰るの？」

「遅くなる……かも？」

「ふぅん」

毎回こんな調子で終わってしまう。これではなんのために隼人さんのマンションに越してきたのかわからない。

今のままでは隼人さんとしゅんの距離が全く縮まらずに、三ヶ月が過ぎてしまう。

この問題をどうすべきなのか、全くわからない。

「……隼人さんに相談してみよう」

隼人さんならきっと、いいアイディアを提案してくれそうな気がする。

「とりあえず、今夜はしゅんにつられて寝ないようにしないと」

今の私にとっては、それが一番の難関かもしれない。


絶対寝ないと決意した数時間後。

しゅんの横で添い寝中に意識が飛びかけたそのとき、玄関のドアが開く音が聞こえた気がして、一気に眠気が飛んだ。しゅんを起こさないようソッと起き上がり、髪を手ぐしで整えてからリビングへと向かう。

「お帰りなさい」

「ただいま。起きてたのか」

「寝落ちしかけたけどね」

「そのまま寝ててもよかったのに」

「ううん。少し話したいことがあって」

私の言葉に一瞬目を瞠った隼人さんは「着替えてくるから少し待ってて」と言って自室に入った。

その間私は作り置きの夕飯をレンジで温める。今日のメニューは煮込みハンバーグとオニオンスープ。どちらもしゅんの好物だ。

これとサラダの小鉢をテーブルに並べていると、モスグリーンのTシャツに黒のパンツ姿の隼人さんがやって来た。スーツもいいけれど、こういうラフな格好も様になるから、イケメンって凄い。

「ああ、美味そうだ」

「お口に合うといいけれど」

「美咲の作る物なら全部合うに決まってる。このハンバーグも最高。あとこの前作ってくれたグラタン、あれまた食べたいな」

「わかった。また作るね」

実はグラタンもしゅんの大好物。親子だけあって食の好みが似てるなと、微笑ましい気持ちになる。

食事を終えてお茶を飲む段になった頃、隼人さんが「それで話って?」と促した。

「うん、実はね」

私はここに来てから仕事が上手く回らない現状を打ち明けた。

私の話は隼人さんにとっても意外だったらしい。自宅に居ながらにして仕事のできるリモートワークは便利だけれど、小さな子どもがいるだけでそんなに捗(はかど)らないものなのかと驚かれた。

「人によるとは思うんだけど、私は要領が悪いみたいで……」

「いや、みんなそうかもしれないな。そういえば前に会社でも、子どもが在宅中のリモートワークは大変だって小耳に挟んだような気がする」

「それでね、このままじゃいけないと思うんだけど、保育園もファミサポも頼れない状態で、どうしたらいいかなって悩んでて」

隼人さんは少し考えた後「ベビーシッターを雇おうか」と提案してくれた。

「え、でもそこまでは……」

「仕事が捗らないなら、しゅんを見てくれる人を雇うのは充分ありだし、海外では当たり前のサービスとして普及している国もあるから、罪悪感を覚えることはない」

「でも頼むのに、結構お金かかるんじゃない？」

お給料以上のお金が発生するのは本末転倒だと思ったけれど、それは隼人さんが出すと請け負ってくれた。

「これまでしゅんと美咲に対して、何もしてやれなかったから。これくらいはね」

「でもリフォームをしてくれたじゃない」

「それはそれだよ。とりあえず、ちょっと検索してみるか」

さすが即行動、即実行の隼人さん。早速二人で調べてみると、会社によって値段もサービスもさまざまだった。

「ここは料金が結構お安めね」

「当日予約が可能だって」

「助成金も使えるんだ」

その中から気になった会社のホームページをいくつかプリントアウトして、じっくり検討することに。

会員登録やヒアリングなどがあるため、申し込んですぐに利用できるわけではなさそうだけれど、それでも私にはだいぶありがたい。

「ベビーシッターが決まるまでの間は、俺が仕事を休んでしゅんを見ているよ」

「え。さすがにそれは……」

「仕事が滞ればらさいファームさんも困るだろうし、俺だってしゅんの親なんだから、これくらいのことはやって当然だって」

「だけど隼人さん、忙しいでしょ？」

「まあ、それなりに。でもおかげで有休がかなり残ってるんだ。俺が消化しないと部下が休みづらいって文句を言われたこともあるから、ちょうどいいんじゃないか？」

幸いなことに、手がけていた案件が一段落したため、休んでも問題ないのだと隼人さんは言った。

申し訳ない……と思いつつも、よくよく考えてみたらこれは、隼人さんとしゅんの距離を縮めるいい機会になるかもしれない。

「じゃあお願いできる？」

「もちろん」

「ありがとう。ベビーシッターなんて全く頭になかったし、これできっと仕事も捗るわ。隼人さんに相談して本当によかった」

安堵の息を漏らすと、隼人さんは心底嬉しそうに微笑んだ。

「俺自身、しゅんともっと一緒にいたいって考えてたから、ちょうどいい機会だよ」

「そんなこと、考えてくれてたの？」

「俺だってしゅんの親だから。美咲と一緒に子育てできないことを、ずっと歯がゆく思ってたんだ。でもこれでようやく、俺も親らしいことができる」

隼人さんがそんなことを考えていたなんて、ちっとも知らなかった。

やる気に満ちた表情をする隼人さんを見ているだけで、なんだか私も心が弾む。

打ち明けてよかった……心からそう思った。

「美咲、相談してくれてありがとう。本当に嬉しかったよ」

「だって、なんでも話すって約束したじゃない」

私がそう答えると、隼人さんがグッと何かを堪えるような表情をした。

「どうしたの？」

「ごめん。なんか感動して」

「もう、大袈裟よ」

なんてことを言いながら、私も胸が詰まって泣きそうな気分になった。

私が一歩踏み出したことで、二人を隔てていた垣根が少しずつ取り払われていく。

そんな気がした。

「美咲……抱きしめてもいいか」

ポツリと隼人さんが呟いた。縋るような眼差しに、胸が熱くなる。

「それ以上のことはしないって約束するから、少しだけ……君を抱きしめたい」

思っていることはなんでも話そうと決めたけれど、まさかそんなことまで聞かれるとは思わなかった。

けれど、こんなことすら律儀に聞いてくる隼人さんが微笑ましくて、愛おしくて。

コクンと小さく頷くと、隼人さんは壊れ物を扱うかのように、優しく私を抱きしめた。トワレの香りが鼻孔を擽る。

隼人さんの熱と香りに包まれながら、心が満たされていくのを実感したのだった。

9

隼人さんが有休を取得できたのは、それから四日後のこと。

しかもたっぷり一週間。

有休が取れるのはもう少し後になると思っていただけに、正直驚いた。

ベビーシッターの会社にはすでに登録を済ませていて、あとは面談を行い、契約を締結させるだけ。上手くいけば来週にはシッターさんが来てくれるだろう。

だから今週は、しゅんと思う存分遊ぶぞ！　と隼人さんは大張り切りだ。

肝心のしゅんはというと、平日の朝だというのに普段着姿でいる隼人さんに、目をパチクリさせた。

「しゅん。お父さんね、日曜日までお仕事がお休みになったの。それでね、しゅんと一緒にいっぱい遊んでくれるって」

「おとーさんが？　なんで？」

目を見開いて驚くしゅん。隼人さんと二人きりで過ごしたことは一度もないから、突然聞かされた話に戸惑いが隠せないようだ。

呆然とする顔に、不安が湧き上がる。

「しゅん、ご飯食べたらお父さんと出かけようか」

「……どこに？」

「でっかいボールプールや滑り台がある遊び場はどうだ？」

隼人さんはしゅんと一緒に出かけるために、都内にあるキッズパークなどをくまなく調べてくれたのだ。こういうところは、さすがとしか言いようがない。

梅雨時季とはいえ、マンションに籠もりきりなのはどうかとも思っていたので、屋内でしゅんが楽しめる施設に連れて行ってくれるのはありがたい限り。

「おもちゃがたくさんあって、思い切り体を動かして遊べるみたいだぞ」

向こうにいた頃は毎日のように野山を走り回っていたような子だ。体を動かせると聞いて、キラキラと目が輝きだした。

「どうする？　お父さんと一緒に遊びに行く？」

「……うん」

返事こそ素っ気なかったものの、声が少しだけ上擦っている。想像しただけで、興奮してきたのだろう。

しゅんがその気になってくれてよかった。

「じゃあまずは顔を洗ってご飯を食べちゃおうか。今日はね、フレンチトーストとさくらんぼだよー」

「さくらんぼ！」

「だから早く支度しておいで」

キャーッと喜びの声を上げながら着替えに走るしゅんを見て、隼人さんが、

「しゅんはさくらんぼが好きなのか」

と聞いてきた。そういえば隼人さんは、しゅんの好きな食べ物を知らなかったかもしれない。

「しゅんは果物が大好きなのよ。特にさくらんぼは、昔からよく食べてたの」

らさいファームの一角にはリンゴ以外の果樹もたくさん植えられていて、さくらんぼや桃、洋梨など季節ごとに旬の果物を味わうことができる。離乳食が完了するパクパク期の頃から、畑から収穫したばかりの物を食べさせていたおかげか、しゅんは果物が大好物になったのだ。

「リンゴ以外は趣味で植えてるものでね。出荷するわけじゃないから、ほとんど手入れされてなくて、色や形は悪いんだけど味は抜群だから、子どもたちに大人気でね」

「趣味で果樹栽培って凄いな。しかも旬の果物を食べ放題なんて贅沢すぎる」

そんなことを言いながら、妙に感心している隼人さん。

誰もが羨むような物凄いタワマンに住んでいる人が、山の畑に植えられた果物を羨ましがるなんて。しかも天下のＩＮＡＭＩの御曹司が、こんな顔をするとは。

初めて見る表情に、しばらく笑いが止まらない私なのだった。

「――というわけで、今週いっぱいは隼人さんがしゅんの面倒を見てくれることになったんです」

お昼過ぎ、麻衣さんから仕事の進捗と近況を尋ねる電話がかかってきたので、二人が不在であることを報告した。

『いい傾向じゃない』

麻衣さんもなんだか嬉しそうだ。

『伊波さん、頑張ってるのね』

「しゅんとの間にできた溝を埋めようとしてくれてて。本当にありがたいです」

『まぁ今が頑張り時だろうしね。ところで今さらこんなことを聞くのもなんだけど、美咲ちゃんはどうなの？』

「どう……とは？」

『夫婦関係って片方の努力だけじゃ、どうにも成り立たないところもあるじゃない』

洋介さんと苦楽を共にしてきた麻衣さんの言葉が重く響く。

『伊波さんのこと、今度こそちゃんと信じられそう？』

「それは……大丈夫です」

私を決して否定することなく、常に寄り添い、全力で支えようと努力してくれる隼人さん。その真摯な態度を見ていれば、信じていいんだってわかる。

もう誰に何を言われても、大丈夫。

「今度こそ、迷いません」

力強くそう言うと、麻衣さんは電話口でフフッと笑った。

『愛されてるって自覚できたから？』

「えっと、それは」

『できたのね』

麻衣さんがニヤニヤしている雰囲気が伝わってきて、ちょっとだけ居心地が悪い。

「それはひとまず置いておいて」

『えー、置きたくないなぁ』

「置かせてください。ともかく、全部隼人さんのおかげなんです。私たち家族の在り

方を一から考えていこうって提案してくれたので、私もきちんと向き合う気持ちにな
ったっていうか。しゅんもちょっとだけ態度を軟化させてますし」
『いい傾向ね。しゅんちゃんが伊波さんを受け入れた場合は、東京で暮らすの？』
「まだそこまでは考えが及んでないのが正直なところですけど……もしもあの子がそ
れを望むなら、こちらで暮らすことになるかと思います」
『それが一番かもね。仲違いしたり、関係が修復不能にならない限り、家族は一緒に
いたほうがいいと思うし。あーでも、美咲ちゃんとしゅんちゃんがいなくなるのはや
っぱり寂しい。年に一回くらいは、こっちにも顔を見せてくれると嬉しいかな』
「もちろんそうします！　らさいファームは私の第二の故郷ですから」
『そう言ってもらえると嬉しいわ』
朗らかに笑う麻衣さん。この人には本当に、足を向けて寝られない。
「とりあえず九月くらいに結論を出して、その結果をご報告しますね」
『うん、わかった。東京で暮らす場合は、荷物を全部送ったほうがいい？』
「どちらにしても一度戻ろうとは思ってて」
『そうなの？』
「全部を東京に持ってくるわけにもいきませんし」

私たちが使っていた家財道具の大半が、隼人さんのマンションに揃っている。調理器具や家電製品は、複数あってもしょうがない。処分しなければいけないものが大量にあるから、どのみち帰る必要があるのだ。

「洋介さんや麻衣さんの顔を見て、直接ご報告もしたいですし。ただ、時期が九月っていうのが申し訳ないんですけど……」

九月といえばリンゴの収穫に向けて、いっそう忙しくなる頃。農家では色づけのため地面に反射シートを敷くほか、果実を覆っていた袋を取ったり、葉つみ、玉まわしなどの作業に追われる時期なのだ。

『それは気にしないで。前もって日付を教えてくれれば、調整しておくから。それより美咲ちゃん、あなた気づいてた？』

「何がですか？」

『すでに東京で暮らすこと前提で話をしてるって』

「……！」

麻衣さんに指摘されるまで全く気づかなかった。

「すみません……」

『謝る必要なんてないでしょ。しゅんちゃんもそうだけど、美咲ちゃんにとってもいい傾向じゃない』

「そう……ですか？」

『美咲ちゃんは変なところで頑固だからね。そうやって自分の気持ちに素直になるのが一番よ。全員が納得できる結論に至ること、願ってるから』

麻衣さんとの電話を終えた数時間後、しゅんと隼人さんが帰宅した。

「おかーさん、ただいま！」

ニコニコ顔で飛び込んできたしゅんに、ホッと安堵の息を漏らす。

「お帰り。今日はどうだった？」

「あのね、大きな滑り台があってね、それをピューッて滑ってボールプールにドボーンってしてね」

「へー、凄いね」

「あとね、おっきいマットみたいなのがあってね、歩くとボニョボニョってなってね」

「それは楽しそうね。だけど、まずは手洗いうがいをしてきてほしいな。その後いっぱいお話を聞かせてくれる？」

「はーい！」

「じゃあお父さんも一緒に行こうかな」

隼人さんがそう言った瞬間、しゅんの動きがピタリと止まった。その場の空気が一瞬にして張り詰める。

「……お父さんは後で行くことにするよ」

空気を読んだ隼人さんがそう言うと、しゅんは「うん」と小さく答え、一人で洗面所に向かった。

やっぱり二人で過ごすのは難しかったんだろうか。

「しゅんはずっとあんな調子だったの？」

「まあ、大体は。ただ、俺のことを心底嫌がってるような感じはしなかったけど」

隼人さんの話では、しゅんが一人で勝手にどこかに行くようなことはなく、隼人さんの側から決して離れようとしなかったそうだ。

「ただ遊んでるとき、ふとした拍子に誰かを捜してるような素振りをしてたんだ。俺と目が合うと、また普通に遊び出すんだけどさ」

「隼人さんに見守られていることがわかると、安心して遊びに没頭できるとか」

「いや、そういう感じではなかったな」

その証拠にしゅんはずっとあの調子だったそうで、相変わらず会話はなかったと隼人さんは言った。

「ごめんね……」

「しゅんもまだ戸惑ってるんだよ」

少しずつ慣れてもらえればいいと笑う隼人さん。改めてタフな人だと感心する。

「それで、美咲のほうはどうだった？」

「凄く順調だったわ。溜まってた伝票が全部片付いたの」

「それはよかった」

「ただたまに、隼人さんとしゅんは今頃どうしてるかなって、無性に気になって集中できなくなったときもあるけど」

東京に来てから、しゅんと長時間離れて過ごすのは、これが初めて。そのせいか気を抜くと、しゅんは今どうしてるのかな……なんて、つい考えてしまう。

「それは仕方ないよ。俺としゅんが二人きりで過ごすのは初めてだったんだし、美咲が気になるのも当然だ。それでもちゃんと仕事を終わらせたのは凄いな」

「これも全部、隼人さんのおかげよ」

「美咲の役に立てて嬉しいよ」

「そんな……隼人さんはいつだって、私たちのことを考えてくれてるじゃない。本当に、ありがたいと思ってるの」

「そう言ってもらえると、ますます力が湧いてくるな」

隼人さんの腕が私の腰に伸びて、グッと引き寄せられた。近くなる距離。蕩けるような眼差しを向けられて、胸が高鳴る。

「しゅんと仲良くなれるよう、明日も引き続き頑張るから」

見つめ合い、「隼人さん……」と呟いた瞬間、足にドンッと衝撃を感じた。

驚いて目を向けると、しゅんが泣きそうな顔で私にしがみついている。

「どうしたの、しゅん」

「おかーさんを取っちゃだめ！」

目が潤み始めたと思ったら、あっという間にボロボロと涙が零れ出した。

「しゅん？　本当にどうしたの？」

「ぼっ、ぼくがっ、おかーさんと一緒にいるのっ！　うわーーーん!!」

堰を切ったように泣きだしたしゅんに、私と隼人さんは困惑するばかり。

抱き寄せて背中を擦りながら、何があったのかを尋ねると、しゅんは「さみしい」と小さな声で呟いた。

「え……」

「朝おうちを出るとき、ニコニコしながらバイバイってしたんだもん。おかーさんは、ぐすっ、ぼくがいなくても、いいんだって、うっ、ふぇぇ……」

嗚咽混じりの告白に、頭をガンと殴られたような衝撃を覚えた。

たしかに今朝、隼人さんとしゅんが出かけるとき、笑顔で「行ってらっしゃい」と見送ったのだ。

それは普段と変わらない、いつもどおりの行為。だけどしゅんにとっては、私に突き放されたように思えてしまったのか……。

思えばここ数ヶ月は、怒濤の展開だった。

隼人さんと再会して実家に戻り、隼人さんのマンションで暮らし始めた。

そのことについて、しゅんは何も言わなかったし、めまぐるしく変わる環境にもすぐに慣れたような気がしていた。

だけどそれは全部、私の勝手な思い込みだったんだ。

私でさえ精神的に疲労することもあったというのに、小さなしゅんが抱えていたつらさは如何ばかりのものだったのだろう。

しゅんはもともと私から離れることと、環境の変化に弱い子だ。

保育園に通い始めた頃、毎朝バスに乗せるのに苦労していたのに、慣れたらすんなり通うようになったおかげで、そのことをすっかり忘れきっていた。

もっとちゃんと、しゅんの気持ちを察してあげなくちゃいけなかったのに……。

しゅんを思いやってあげられなかった自分に、忸怩たる思いがした。

「ごめんね……本当にごめん」

「おかーさんはなんで、ぼくと一緒にいてくれないの？　ぼくはいらない子？」

「そんなことないよ！　お母さんはしゅんが一番大切なんだから」

震える体をギュウギュウに抱きしめながらそう言うと、しゅんは私の首にしがみついて洟を啜った。

「お父さんも悪かった。ごめんな、しゅん」

泣き続けるしゅんの頭を撫で、隼人さんも謝罪する。

「なんでお父さんがお休みを取って、しゅんと一緒に遊びに行ったか、理由を話してなかったもんな。これじゃ、しゅんが不安になっても仕方ない。本当にごめん」

隼人さんの謝罪に、しゅんが驚きの表情を浮かべた。隼人さんがこんなことを言うなんて、思ってもみなかったのだろう。

「お母さんがらさいファームの仕事ができるように、お父さんが会社をお休みしてしゅんと一緒に遊ぼうと思ったんだ」

「おしごと？」

「向こうにいた頃、お母さんのお仕事中しゅんは保育園へ行ったけど、今は違うでしょう？　お母さんがお仕事に集中できるようにって、お父さんが協力してくれたの」

物心つく前から仕事をする私の姿を見て育ったしゅんは、なんとなく理解してくれたようだ。

「じゃあ、ぼくのことを嫌いになったわけじゃない？」

「当たり前よ。お母さんはしゅんが大好きなんだから。それに、お父さんも」

隼人さんのことを口にすると、しゅんの肩がピクリと跳ねた。

「お父さんがね、会社を休んだ一番の理由は、お母さんのお仕事だけじゃないの。もっともっと、しゅんと一緒にいたいって思ったんだって」

目を丸くして、隼人さんを見つめるしゅん。一方の隼人さんはというと、少し照れくさそうにしている。

「ほんと？」

「ああ。だけど普段はお父さんの仕事の都合で、なかなか一緒にいる時間が取れないだろう？　だからお母さんには申し訳ないけど、チャンスだって思って」

「チャンス……?」

「二人きりで過ごせるチャンス。ずっと離ればなれで暮らしてたし、普段はお父さんの仕事が忙しくて、しゅんと一緒にいる時間が少ないだろう。だからお母さんの仕事が忙しいって聞いて、お父さんがしゅんと遊ぶよって提案したんだ」

「ぼくと、遊びたかったの?」

「もちろん。あちこち出かけたり、絵本を読んであげたり。お風呂にも入りたいし、一緒のベッドで眠りたい。しゅんと二人で楽しみたいことが、たくさんあるんだ」

隼人さんの話を、しゅんはこれまでになく真剣な表情で聞いている。

「だけどその前に、お父さんたちは一つ忘れていたよ。しゅんには何も話さずに、今日のことを勝手に決めてしまった。前もって言わなければ何もわからないし、不安にもなるよな」

「……うん」

「これからはどんなことでも、しゅんに話すよ。話を聞いてどう思ったか、しゅんも教えてくれるか?」

「うん」

コクリと頷くしゅんに、隼人さんは破顔した。

それから私たちは、改めて家族のルールを作った。

本来ならば、一つ一つ自然に積み重ねられていくものなのかもしれない。だけど私たちは家族になってまだ日が浅い。今日のような失敗をせずに済むよう、最低限の決まり事だけは作っておく必要があった。

隠し事はしない。

生活するうえで困ったことや、つらく感じるときがあったら必ず相談し、家族全員で解決策を考える。

ほかにもいろいろあるけれど、特にこの二つを最重要項目に位置づけた。

六年前のような失敗は二度と繰り返さない。その思いでいっぱいだった。

隼人さんは言葉にこそ出さなかったものの、私と同じ気持ちであることが伝わってきて、なんだか嬉しくなった。

そしてもう一つ。

明日からの過ごし方を、改めて三人で考えることにした。

隼人さんは当初、毎日しゅんを連れて遊びに行こうと考えていたらしい。そのために、さまざまなテーマパークや遊び場情報を仕入れていたのだとか。

「だけどそれじゃ、意味がないと思ったんだ」

不安定に揺れるしゅんの心を考えたら、二人きりで出かけるのは得策ではない――隼人さんはそう痛感したのだという。

「しゅんはまだ、美咲と長時間離れないほうがいいと思う。それで提案なんだけど、明日から俺たちも家の中で過ごしていいか？　もちろん美咲の仕事の邪魔にならないようにするから」

私が仕事をしている間、隼人さんとしゅんはおもちゃ部屋で過ごすことにする。これならしゅんが不意に寂しくなっても、すぐに私の顔を見に来られる状況にあるから、少しは安心だろう。

「今日よりは少し騒がしくなるかもしれないけれど、なるべく仕事の邪魔にならないように遊んでるから」

「ぼく、静かにできるよ」

「二人が家にいてくれたら、私も集中力を切らさず済むと思うし、気分転換もできて一石二鳥かも」

「じゃあ明日早速、試してみよう。それでまた問題点が見つかったら、改めて話し合うってことでどうだ？」

「賛成」

「さんせーい！」

腕をピッと上げて元気に返事をするしゅんに、私と隼人さんが思わず笑みを零す。

そして翌日。

九時になると同時に隼人さんとしゅんはおもちゃ部屋へ。そして私は隼人さんの書斎を借りて仕事を開始。

おもちゃ部屋から二人の遊ぶ声が漏れ聞こえてくる。たまに混じる、おもちゃの車の動作音。しゅんは父からプレゼントされた車を運転しているようだ。

楽しそうに遊ぶ声。けれど、煩（うるさ）いと感じることはなかった。むしろ二人が今何をしているかある程度把握できるから、心配が募って集中が切れることもない。

時折しゅんが書斎にやって来たけれど、私の姿を見ると安心するようで、大人しくおもちゃ部屋へと帰っていくということを、何度か繰り返した。

この程度のことなら仕事の邪魔にもならないし、しゅんも落ち着いて過ごせるならそれでいい。

午前中に処理する仕事があらかた片づいた頃、隼人さんがやって来た。

「美咲、そろそろお昼だけど、何か食べたいものはある？」

時計を見ると、もうすぐ十一時といったところ。

「隼人さんが用意してくれるの？」

「美咲は仕事をしてるんだし、それくらい当然だよ」

「ありがとう。隼人さんとしゅんが食べたいものでいいわよ。用意してもらえるだけで嬉しいから」

「了解」

程なく二人は連れ立って外へ出た。

きっとお弁当か何かを買ってくるんだろう……そのときはそう思っていたのだけれど。

十二時になって、呼びに来てくれたしゅんと向かったダイニングで、私を待ち受けていたものは。

「わぁ……！」

テーブルの上に、おにぎりと鮭の竜田揚げ、それから白菜のおひたしが用意されていた。どう見てもお惣菜じゃない。

「もしかして、隼人さんが作ったの？」

「簡単なものばっかりだけど。いつも美咲の美味しい手料理をご馳走になってるから、そのお礼も兼ねて」

「おかーさん、ぼくもお手伝いしたんだよ！」

しゅんが興奮気味に教えてくれた。

「わかった。おにぎり作ってくれたんでしょ」

美しい三角形のおにぎりの横に、小さくて形が少し歪(いびつ)なおにぎりが三つ。誰が握ったか、一目でわかる。

「しゅん、凄いね。おにぎり握るのは初めてなのに、凄く上手！」

大絶賛すると、しゅんは胸を張ってエヘヘと笑った。

「あとね、人参と大根を洗って、おひたしにおかかをエイッて載っけたの」

「いっぱいお手伝いできて偉かったね。お母さん、本当に嬉しいよ」

「じゃあ冷めないうちに食べちゃおう」

隼人さんに促されてテーブルに着くと、あつあつの豚汁まで出てきた。

「こんな短時間で、よくこれだけ作れたわね」

「鮭の竜田揚げは、切ってサッと下味をつけた後フライパンで揚げ焼きにしただけだし、おひたしはレンチン。豚汁も具材を切って、それを煮て味噌を入れただけだよ」

レンジまで活用している。普段料理はほとんどしない、なんて言っていたのが嘘のよう。

仕事のできる人って、家事もできるものなのね……と、変に感心してしまった。

「あとはしゅんが手伝ってくれたってのも大きいかな」

隼人さんが微笑みかけると、しゅんも満面の笑みで応えている。

昨日までぎこちなかった二人とは思えないほどの仲睦まじさ。

一緒に料理をしたのがよかったのかな。ハッキリとした理由はわからないけれど、とにかくこれはいい傾向。

「おかーさん、ぼくのおにぎりも食べて」

「じゃあ、いただきます……うん、美味しい！」

私の感想に、しゅんは頬を赤らめて照れ笑いを浮かべた。

「隼人さんとしゅんのご飯を食べたら、午後もお仕事頑張れそうよ」

「じゃあ明日も張り切って作るから、期待してて」

「ぼくもまたお手伝いするー！」

「一緒に頑張ろうな」

「うん！　あ、そうだ。デザートもあるよ。マンゴー買ってもらったんだよ！」

「え、マンゴーまで？」

「しゅんはフルーツ好きだって言ってただろう？　美味しそうなマンゴーがあったから、買ってきたんだ」

「おかーさん、凄いよね、本物のマンゴーだよ！」

初めて食べるマンゴーに、興奮しきりのしゅん。

さまざまな果樹を植えているらさいファームだけれど、寒い土地柄だけにマンゴーは栽培していない。だからしゅんはこれまで、マンゴー味のアイスやプリンしか食べたことがないのだ。

そりゃ、買ってくれば生のマンゴーも食べられるけれど、さすがにちょっとお値段が……。母子二人で慎ましく暮らしている我が家では、手を出すことのできない高級果物、その一つがマンゴーなのだ。

そんな高嶺の花的存在であるマンゴーを、食後のデザートとして食べられるとあって、しゅんのテンションは上がりっぱなしだ。

「早く食べたいなぁ」

「じゃあまずはご飯を残さず食べちゃおう。マンゴーはそれからよ」

「はーい！」

家族三人で和気藹々（あいあい）と食べる昼食。味はもちろん会話も弾み、三人で過ごしてきた日々のなかで、一番満たされたものとなった。

おかげで活力が湧き、午後の仕事が大いに捗ったことは言うまでもなく。

十五時には全業務を終えることができた私は、散歩をしようと二人を誘った。

東京に来てから三人で出かけたこともあるけれど、ただの散歩は初めて。

空を見ると生憎の曇り空。いつ雨が降ってもおかしくない雲行きだ。万が一降られたときのことを考えて、マンションの周りを歩くことが決まった。

人通りの少ない遊歩道。昨夜の雨でできた小さな水溜まりを、ジャンプで飛び越えながら進むしゅんの後ろを、隼人さんと二人でゆっくり進んで行く。

「なんかいいな、こういうの」

隼人さんが呟いた。

「私も今、同じことを考えてた」

穏やかな時間に、心が凪いでいく。

「しゅんと二人の生活は、凄く楽しくて、本当に幸せで。これ以上の幸福は、この世にないとまで思っていたけれど、それは私の勘違いだったみたい」

「今はもっと幸せ?」

隼人さんの問いに、コクリと頷く。

「だって、隼人さんがいてくれるから」

かわいい我が子を、好きな人と一緒に見守る。

ささやかだけれどたしかな幸せに、心が満たされる。

私はそれを今、存分すぎるほどに実感していた。

ふと、二人の手が触れ合った。気づかぬうちに、互いの距離が少しずつ近づいていたようだ。

「俺も、美咲の側にいられて幸せだ」

隼人さんが、私の手をキュッと握った。

突然の行動に驚いて……けれど振りほどく気にはなれなかった。指と指を絡み合わせて、解けないようしっかりと握り込む。

ビックリした表情で私を見る隼人さん。まさか私のほうから、恋人繋ぎをするとは思わなかったんだろう。

フフッと笑うと、「あーーーっ!!」と、しゅんが大きな声を上げた。

「二人だけでおてて繋いじゃだめ！　ぼくも！」

ほっぺをプクッと膨らませながら、私と隼人さんの間に割り込んできたしゅんは、右手は隼人さんと、左手は私と繋ぎ、嬉しそうな顔をした。

あまりの素早い行動に、私たちは一瞬ポカンとして……顔を見合わせ、声を上げて笑った。

「ねぇ、なんで笑ってるの？」

「しゅんがかわいいなって思って。ねぇ、隼人さん」

「そうそう。凄くかわいかった」

「ぼく、かわいいことなんてしてないよ！」

憮然とするしゅんだったけれど、すぐに気を取り直したようで、気持ちよさそうに歌を口ずさみだした。

「それ、なんて曲だ？」

「アイスクリームのうた。保育園で歌ったの」

「へー、そんな歌があるのか」

「あとね、カレーライスのうたと、やきいもグーチーパーと」

「なんだか食べ物の歌ばっかりだな」

楽しげに話す二人の声は散歩中に途切れることはなく、この嬉しくも愛おしい時間をもっともっと過ごせますようにと、心の中で願ったのだった。

その後は初日の出来事が嘘だったかのように、静かで平穏な日々を過ごした私たち。

しゅんは隼人さんに心を開いたようで、書斎を覗きに来ることが極端に減った。私の姿をいちいち確認して、心を落ち着かせる必要がなくなったのだろう。

二人の間に流れる空気が、最初の頃に比べたら格段に穏やかになっている。

『それって凄くいい傾向じゃない』

らさいファームに報告の電話をした際に近況を尋ねられ、これまでにあったことを包み隠さず伝えた私に、麻衣さんはそう言ってくれた。

「やっぱりそう思います？　以前は隼人さんに話しかけられると小声で答えるだけだったんですけど、今じゃ普通に会話を交わしてますし、しゅんのほうから話しかけることも増えたんですよ」

『どうなることかと心配してたけど、この調子だと大丈夫そうね』

「そうですね。私もそう思います」

『あとはしゅんちゃんが、どっちを選ぶかね』

「そう……ですね」

らさいファームに帰ることを選ぶか、隼人さんの元に残ることを選ぶか。

私はまだ、しゅんの気持ちを確認していない。

時期尚早のような気がするからだ。

『まだ時間はあることだし、焦らずに三人にとって最適な方法が見つけなさいな。あ、先に言っておくけど、伊波さんとしゅんちゃんのために、美咲ちゃん一人が我慢して犠牲になったりするのはなしだからね』

「それはもうしません」

だって約束したんだもの。何があっても家族全員で解決策を探っていこうって。私が道を外れそうになったら、きっと隼人さんが軌道修正してくれる。

みんなで幸せになる道を模索しながら、進んでいけることだろう。だから。

「大丈夫です」

力強くそう答えたのだった。

10

あっという間の一週間が過ぎ、お休みの最終日、私たちは再び家族で遊びに行くことにした。

向かったのは隼人さんとしゅんが有休初日に行った、大きなボールプールや滑り台のある遊戯施設。

しゅんにどこへ行きたいか尋ねると、すぐに施設の名前を口にしたから、結構気に入っていたようだ。

朝食を食べ、隼人さんの運転する車で施設へ向かう。

館内は想像以上に広くて、あちこちに子どもが喜ぶ遊具やおもちゃが置かれてあった。日曜ということもあってか、大勢の子どもたちで賑わっていて、しゅんもその中に混じって楽しそうに遊んでいる。

「あれが例の、ボヨンボヨンする遊具ね」

見た目は陸上競技用の超巨大なマット。歩くたびに子どもたちの足元が沈んで、体が揺れている。しゅんはそれに全く臆することなく、走ったり跳び跳ねたりと大はしゃぎだ。

向こうでは毎日のように野山を駆けずり回っていた子だ。こういう体を動かす遊びは、やはり血が騒ぐんだろう。

「しゅん、本当に楽しそうね」

「この前よりも喜んでるように見えるよ。やっぱり美咲と一緒に来たから、余計楽しいのかな」

前回のことを思い出したらしく、隼人さんは少しだけ寂しそうな顔になった。

「そんなことはないわよ。三人で来れたことが嬉しいんだわ、きっと」

「だといいけれど」

私の言葉を単なる慰めと捉えたのだろう。隼人さんはなおも寂しそうに呟いた。

この一週間で二人はだいぶ打ち解けて、家族仲もよくなったと思うのだけれど、私たちがここに残るかどうかの決断を下していないことで、隼人さんは若干の不安を抱えているように思えた。

「あのね、しゅんは隼人さんが考えている以上に、あなたのことを大切に思っている気がするの」

「……そうなのか？」

「受け入れてなかったらきっと、まだツンツン塩対応だったと思う」

少し前までのしゅんの姿を思い返したのだろう。隼人さんは天を仰いで「あー
……」と弱々しい声を出した。

「しゅんは感情が表に出やすい子だから、隼人さんのことをよく思っていなかったら、
あんな笑顔は見せていないわよ。だから、安心して」

「うーん……」

「私の言うことは信じられない？」

「いや、そういうわけじゃなくて」

隼人さんがしどろもどろになったそのとき。

「おかーさーん！」

しゅんが大声で私を呼んだ。

「ちゃんと見てるー？」

「うん、ちゃんと見てるよー」

「ぼくこれから高くジャンプするから、ちゃんと見ててね！」

「わかったー」

「おとーさんもだよー！」

しゅんが叫んだ瞬間、隼人さんがハッと息を呑んだ。

片手で口元を押さえ、肩を小刻みに震わせている。

「どうしたの？」

「しゅんが……俺のこと、お父さんって」

「え？」

「しゅん、今まで俺を〝お父さん〟って呼んだことないんだ」

そんなことは……と言いかけて、たしかに一度も呼んでいないことに気づく。

「それが今、はっきりとお父さんって……俺、しゅんに父親って認めてもらえたってことかな？」

隼人さんの声が感動で震えている。

「ねっ。言ったとおりでしょう？　しゅんは多分ずっと前から、隼人さんのことをお父さんって言いたかったんだと思う」

ただ、出会いが出会いだったせいで、なかなか素直になれなくて。

隼人さんを怒鳴ってしまった手前、その後はどう接したらいいかわからず。さらには生来の頑固さも手伝って、ツンケンした態度を取り続け、引っ込みがつかなくなってしまった……そんなところだろう。

六年前、何も言わずに失踪してしまった手前、連絡の一本も入れることができなくなってしまった私には、しゅんの気持ちがよくわかる。

こんな厄介な性格は、私に似なくてもよかったのに。

けれど隼人さんはそんなしゅんの気持ちも、私の気持ちも、綺麗さっぱり洗い流して素直な気持ちを引き出してくれた。

「しゅんの頑なな心が解きほぐれたのは、隼人さんがずっと真摯に接してくれたからよ。ほら見て、しゅんも吹っ切れたような、いい笑顔をしてる」

「ああ……今まで見たなかで、最高の笑顔だな。なんだかようやく、本当の家族になれた気がするよ」

泣きそうな顔で笑う隼人さんを見て、私の目にも涙が浮かぶ。

「おとーさん、おかーさん。どうしたの？」

立ち尽くしている私たちを心配してか、しゅんが駆け寄ってきた。

「ごめんごめん。次は何して遊ぶ？　お父さんも一緒に遊ぶぞ」

「本当？　じゃあね、ボールプール！」

「よし、じゃあ行こう」

手を繋いでボールプールのあるエリアに移動する二人。その背中がなんだか微笑ましく思えた。

「待って、お母さんを置いていかないでよ」

目尻をソッと拭い、私も二人の後を追いかけたのだった。


ひとしきり遊び、施設を出るともう日はだいぶ傾いていた。しゅんと隼人さんは手を繋ぎ、何が一番面白かったかを話している。以前とはまるで違う二人の距離に、心から楽しめたことが窺える。

「あっ、おかーさん、見て見てー」

しゅんが指さす方向に、一軒のショップが見える。店頭にしゅんが大好きな子ども向けアニメ『パンパンパン』のポスターが飾ってあった。

「しゅんはあのキャラクターが好きなのか？」

「うん！　保育園の子はみんな好きなんだよ」

主題歌を口ずさむしゅんに、隼人さんは目を細めた。

「じゃあちょっとショップに寄ってみるか」

中に入ると、あらゆるキャラクターグッズが所狭しと並んでいる。パンパンパンのグッズは、店の奥に置かれていた。

「ねぇねぇ、おかーさん。これね、園バッグにつけたらかっこいいと思わない？」

しゅんが見つけたのは、主人公パンくんが描かれたキーホルダーだった。

「そうね。素敵だと思う」

「じゃあ今日の記念に買って帰ろうか」

「本当に!?」

やったー！　と喜んだしゅんは、すぐにハッとして、

「記念なら、おとーさんとおかーさんの分も買おうよ」

と言って商品を選び出した。

え……？　私はともかく、天下のＩＮＡＭＩの御曹司が、アニメのキャラクターグッズ？　イメージに合わなすぎて、軽く目眩を覚える。

「しゅん、お父さんにはいらないんじゃないかな……」

「俺だけ仲間はずれ？」

不満の声はしゅんではなく、まさかの隼人さんから上がった。

「でもアニメのグッズよ？」

「かわいいじゃないか。それに、しゅんとお揃いのものが持てる、絶好の機会だぞ」

だけどブランドバッグと高級オーダースーツに、アニメのキーホルダーはちょっと

合わなすぎじゃないかしら……。

なんとか説得を試みて、パンくんと仲間たちが描かれたボールペンを買ってもらうことに成功した。

「じゃあ美咲も」

隼人さんが選んだものと、色違いのボールペンを手渡される。

「ありがとう。早速仕事のときに使うわね」

「俺もそうしよう」

「え」

ウキウキとレジへ向かう隼人さん。え、INAMIの御曹司が幼児向けアニメのボールペンを使って仕事をするって、本気なの……？

＊　＊　＊

明けて翌日。

隼人さんは一週間ぶりに出社するため、朝からスーツを着込んでダイニングにやってきた。

「おとーさん、なんでそれ着てるの？」

先週の普段着とは違う、カチッとした格好。隼人さんが仕事に行くときにスーツを着ることを覚えていたのだろう。しゅんはあからさまにショックを受けた表情を浮かべた。

「今日から会社に行かなくちゃいけないんだ」

「お父さんのお休みは、一週間だけだったの。前にも話したとおり、今日からはベビーシッターさんが来てくれるから、お母さんの仕事中はその人と遊んでいてくれる？」

しゅんは何も言わなかったけれど、その顔にはデカデカと「嫌だ」と書いてある。有休中はずっと一緒にいた二人だもの。それが今日からは夜しか一緒にいられませんとなったら、嫌がる気持ちもわかる。

「もっとお休みできないの？　おとーさんといっぱい遊びたいよ？」

小首を傾げながら隼人さんに問うしゅん。あざとポーズに隼人さんは胸を押さえてウッと呻いた。

「キーちゃんもね、おとーさんと一緒にいたいって言ってた！」

味方を増やそうと必死のしゅんは、キーちゃんまで持ちだして隼人さんを引き留める始末。

「しゅん」

ぐずるしゅんを諭すように、優しく声をかける。

「お父さんもお母さんと同じように、大事なお仕事があるの。昨日までのようにずっと一緒にいることはできないけれど、夜には帰ってくるから。それまで我慢しよう」

「……おかーさんも、おとーさんがいなくて、我慢できる？」

問われてグッと言葉に詰まる。

それはもちろん……我慢するしかないわけだけれど……本人を前にして口にするのはいささか照れくさい。

けれどしゅんの純粋な眼差しと、隼人さんの期待に満ちた目を見ると、返事を誤魔化すことはできない気がして。

「……うん、お母さんも耐えるから、しゅんも一緒に我慢しようね」

小声で呟くと、しゅんは「そっかー……」と渋々納得してくれた。

一方、隼人さんの全身からは、喜びのオーラが滲み出ている。

「おかーさん、寂しくてもぼくとキーちゃんがいるからね。泣いちゃだめだよ」

「泣いたりはしないかなぁ……」

「おかーさん、泣かないの？」

え、泣いてほしいの？

隼人さんに「助けて！」の気持ちを込めた視線を送るも、当の彼は顔を緩ませて、

「我慢は体によくないし、美咲を泣かせることはできないからな。二人のために早く帰るよ！」

そう言って意気揚々と出社して行った。

「よかったね、おかーさん」

いや、私、泣くとか言ってませんけど!?

とはいえ、あれだけ毎日残業が続いて、遅い時間に帰宅していた人だ。仕事が忙しすぎて、早く帰ってはこられないだろう。

せめてしゅんが起きている時間帯に、帰宅してくれればいいんだけれど……。

なんて考えていたのに。

隼人さんは本当に早い時間に帰宅して、私を大いに驚かせたのだった。

帰宅した隼人さんを見て、しゅんは大喜び。

「しゅん。お父さんちゃんと約束守っただろう？」

「うん!!」

「でもなんで、こんな早い時間に帰宅できたの？」

「それがさ、しゅんのおかげなんだよ」

「しゅんの？」

実は隼人さん、今日はあのボールペンを使って仕事をしていたところ、普段プライベートな会話を一切したことのない部下が話しかけてきて、アニメや子どもの話で大いに盛り上がったのだとか。

その人は二児のパパで、家にはパンパンパングッズが大量にあるらしい。春に公開された映画も、家族で観（み）に行ったそうだ。

もっとも隼人さんはアニメのことがわからないので、複合施設に行ったときの思い出を存分に語ったらしいのだけれど、なぜかそれが大いにウケたと言った。

「次長って意外と家族思いなんですね、とか言われてさ」

意外ってなんだ……と、隼人さんは腑に落ちない様子だけれど、常に仕事一筋の雰囲気を漂わせていた人が、突然アニメグッズ……しかも息子とお揃いなんて、普段とのギャップに驚く人は多いだろう。なかには〝伊波〟という名前だけで萎縮（いしゅく）して、隼人さんと心の距離を取っていた人も絶対にいるだろうし。

けれどボールペンのおかげで件（くだん）のパパだけでなく、ほかの社員たちも心なしか気さくに接してくれるようになり、今日は随分仕事がスムーズに運んだのだとか。

まさかアニメグッズ一つで部内が纏まるなんて驚きだ。

「お子さんのためにも早く帰ってください、って言われてさ」

だから今日はいつもより随分早い時間に帰宅できたというわけか。おかげで隼人さんも一緒に晩ご飯が食べられると、しゅんは大はしゃぎ。

そんなしゅんの姿にデレデレの隼人さんが、ちょっとだけかわいく見えたのは内緒だ。

「おとーさん。今日ね、TVでパンパンパンやったんだよ。ぼくね、おとーさんと一緒に観たいと思っておかーさんに録画してもらったんだ。だから一緒に観よう?」

「お父さんと一緒に観たかったのか!?」

「うん!」

「しゅん……!」

激しく感動する隼人さん。こんな姿を職場の人たちが見たら、驚くんだろうな。

私も隼人さんがここまで子煩悩なタイプだとは、想像もしなかったし。

「じゃあ今から早速観ようか」

「ちょっと待って。その前にご飯でしょう?」

「ご飯食べながら観ちゃ駄目?」

「しゅんはパンパンパンに夢中になって、ご飯が進まなくなっちゃうから、食べ終わってから観ようね。隼人さんも早く着替えてきたら？」

「わかった。じゃあご飯食べ終わったら一緒に観ような、しゅん」

「うん！　おかーさんもだよ」

「そうだね、三人で観よう」

着替えるため、鼻歌交じりで足早に自室へと向かう隼人さん。後ろではしゅんが同じように鼻歌を歌いながら、読んでいた絵本を片づけている。

親子だなぁ……と考えてクスクス笑う私を、しゅんが不思議な顔をして見つめた。


ご飯を食べ、パンパンパンも見終わって。

今日はおとーさんと一緒に寝たい！　と言うしゅんのリクエストにお応えして、隼人さんが寝かしつけをしてくれた。おねだりをされた瞬間、隼人さんが感動しまくっていたことは言うまでもない。

二十時半を少し回った頃、隼人さんが寝室からヨロヨロと出てきた。

「あれはまずいな……寝落ちする」

「でしょう」

子どもの寝息は睡眠導入効果ナンバーワンであると、私は確信している。抗えないほどの睡魔と戦った隼人さんは、つくづくといった顔で呟いた。

「しゅんの寝かしつけに行った美咲が、そのまま部屋から出てこなかったのも、理解できたよ」

「仕事で疲れてるときなんかは覿面（てきめん）よ」

「美咲がしゅんの部屋から出てこなかった夜は正直少し寂しかったけど、あれじゃしようがない」

「眠気覚ましに何か飲む？」

「アイスコーヒーがいいな」

「夜にコーヒーなんて、眠れなくならない？」

「いや、むしろ寝ないほうがいいから。だってここからは大人の時間じゃないか」

艶めいた笑みを浮かべた隼人さんに、胸がトクンと高鳴る。意味深な言葉。そういうことはまだしないって言っていたけれど、こんな言動されたら勘違いして、胸がドキドキしてしまう。

アイスコーヒーを隼人さんに手渡し、私もミルクティーをグラスに注いで、彼の隣に座る。

「やっと頭がシャキッとした。ところでしゅんは今日一日、どうだった？」

「大丈夫だったかな。でも相当、我慢していたみたい」

隼人さんが出かけてしばらくは拗ねていたしゅんも、ベビーシッターさんが来てくれてからは持ち直したようで、シッターさんと家の中で一緒に大人しく遊んでくれた。途中何度か私の顔を見に来ることもあったけれど、それ以外に何も問題はなく時間は過ぎて。

けれど隼人さんが帰ってきた瞬間、玄関まで走ってお出迎えするし、その後も隼人さんにベッタリで、片時も離れなかったのだ。

「そうか……なんか可哀想なことした気分だよ」

「隼人さんのほうこそ、今日は一日どうだったの？」

「んー。午前中は溜まった書類の処理に追われたから平気だったけど、昼休憩になっていきなり喪失感に襲われてつらかった」

先週はずっと家族でお昼を食べていたのが、今日は隼人さん一人きり。反動で寂しくなる気持ちもわかる。

「今日ほど二人が恋しいと思った日はなかったな。有休を申請したときは、一週間も一緒にいられると思って喜んだけれど、終わってみたら全然足りない。もっと長期間申請すればよかった。ダメ元で育休を出してみようかな」

「育休って、今からでも取れるの？」

「いや……大抵は子どもが一歳になるまで。最長でも二歳までって決められている」

しゅんは今、五歳なんですけど……。

無理だとわかりきっている育休の申請を考えるほど、隼人さんは寂しさを感じてしまったのだろう。

「さっきしゅんと触れ合ったおかげで、だいぶ癒やされたからいいけど。でも美咲がまだまだ足りない。もっと補給してもいい？」

「補給って？」

何をされるのだろう。ドキドキしてしまう。

「大丈夫。変なことはしないから。ただ抱きしめさせてほしいんだ」

両手を広げる隼人さん。私から抱きついてほしいということだろうか。

ニコニコ笑うその顔を見て、私の予想は当たっているような気がした。

ミルクティーのグラスをテーブルに置いて、「えいっ」と胸に飛び込む。隼人さんの腕がすかさず私を抱きしめた。

フワリと感じるトワレと熱に、頭の芯が蕩け出す。

意識していなかったけれど、私も隼人さんが足りなかったようだ。抱きしめられただけでこんなにもホッとするなんて、思いもしなかった。

そのまま静かに抱き合っていると、隼人さんが「ごめん」と呟いた。

「俺ばっかり甘えてるみたいで、なんだか情けないな」

「情けなくなんてないよ。あのね、しゅんを保育園に入れたばかりの頃、私も同じ気持ちを味わったからわかるもの」

「美咲も？」

「うん。だから情けないなんて思わないで。それにね、私ばかりが甘やかされるんじゃなく、たまには隼人さんを甘やかしたいよ？」

たまには頼ってよ……ちょっぴり拗ねたように告げると、隼人さんは口元を手で覆って「反則だ」と言った。

「美咲……わかって言ってるんだろ」

「何が？」

「そんなかわいいこと言われたら、我慢できなくなる」

「我慢って、えぇっ？」

急に視界がグルリと変わる。目の前に広がる天井。

隼人さんが私をソファに押し倒したのだ。

私も子どもじゃないから、隼人さんが何を望んでいるのかわかる。

――どうしよう。

咄嗟に頭に浮かんだもの。

それは迷いだった。

まだどうするかハッキリ決めていない段階で、体を繋げることはよくないとわかっている。

だけど私も本当は……。

思いを告げようか悩んでいると、隼人さんが私の首元に顔を埋めて「大丈夫」と囁いた。

「今日は何もしないよ。だけど覚えていてほしい。俺はいつだって美咲の全てを求めているんだ。心も体も、全部……全部」

「……私も」

ポロリと本心が口を衝いて出ると、隼人さんがハッと息を呑むのがわかった。

「九月になって、どうするかが決まったら……しゅんの返答次第では……私の全部、もらってくれる？　その代わり、私も隼人さんの全てがほしい」

「俺はもう、美咲のものだよ」

静かに顔を上げた隼人さんが、私の頬にくちづけをした。

しっとりと温かい唇から発する熱が全身に伝播して、体中がカッと燃えるように熱くなった。

「あの頃と比べて随分変わったように感じてたけど、やっぱり美咲は美咲だな」

「私、変わった？」

「六年前は儚げな印象が強かったけど、今は逞しくなった気がする」

「今の私は嫌？」

隼人さんは首を横に振って否定した。

「前よりもっと好きになったよ。忘れないで。俺は一生、美咲だけを求めているってことを」

「隼人さん……」

静かに頷いた私を、隼人さんは再びキュッと抱きしめた。

そうして二人抱き合ったまま、静かに夜は更けていったのだった。

その後も穏やかな日々は続き、私たちはこれまで離れていた歳月を埋めるかのように、三人で寄り添いながら過ごした。

休日はしゅんのリクエストにお応えして、家族でお出かけ。梅雨が明けた瞬間グンと上がった気温に熱中症を警戒して、しゅんには長時間お外で遊ばないように言い聞かせ、シッターさんにもお願いをしていた。

しゅんは言いつけを守って家の中で遊んでいたけれど、そもそも外遊びの好きな子だ。やっぱり不満は蓄積していたらしい。

隼人さんに「今度の土曜、どこに行きたい？」と聞かれて、即座に「お外！」と答えていた。

ここで役立ったのが、隼人さんが有休中にしゅんと出かけようと思って調べていた、キッズパークなどの施設情報。

電車の博物館や巨大タワー、世界的に有名な某テーマパーク。それから、映画館でしゅんが大好きなパンパンパンの劇場版アニメを観たり、忍者体験ができるカフェに行ったりなどなど。

隼人さんもお仕事で疲れているのに、休みのたびにあちこち行っていたら、体が休まらないんじゃ……と心配したけれど、「大丈夫」と笑って返された。

「しゅんと遊びに行くくらいで、へバらないよ。こう見えて体力には自信があるし」

「ならいいけど……でも無理はしないでね」

「わかった。でも美咲としゅんと一緒に出かけることが、俺にとって最高の息抜きになるってことも覚えておいて。二人のおかげで、仕事の疲れが全部吹き飛ぶんだ」

「大袈裟ね」

「何が大袈裟なものか。かわいい子ども、愛する女性と一緒にいられるだけで、力が湧いてくる。俺にとっては美咲としゅんが最大の癒やしなんだから」

そう言って、しゅんをいろんな所に連れて行ってくれる隼人さんには、本当に頭が上がらない。

思い出と共に増えていく写真の数々。一部はフォトフレームに入れて、リビングに飾ってある。

しゅんはそれをキーちゃんに見せながら、

「タワーはすっごく高くてね、ちょっぴり怖くなっちゃった。でもみんなには内緒。ぼくとキーちゃんだけの秘密だよ」

なんてことを言って、隼人さんを大いに悶えさせたのだった。

そして念願のパンダは、栗原家の面々も誘って大人数で見に行くことに。母は私たちと一緒に出かけられて嬉しいと涙を浮かべて喜び、父も始終にこやかにしていた。

「姉ちゃん、順調そうじゃん」

相変わらず人を食ったような物言いをする健吾だけれど、私たちが仲良く過ごしているのを祝福してくれていることがなんとなく伝わってくる。

「俺もしゅんとパンダを見に来れてよかったよ。姉ちゃんたちがさっさと向こうに帰ったらどうしようってヒヤヒヤしてたけど、三人の様子を見て安心したわ」

健吾はそう言って破顔した。

主目的であるパンダの観覧場所まで行くと、そこはすでにたくさんの人でごった返している。観覧列は前方が子ども優先、後方がゆっくり観覧したい人用に別れていて、今回はしゅん連れということもあって前列に並ぶことに。

パンダは生憎こちらにずっと背を向けて、顔を見ることはできなかったけれど、それでもしゅんは生まれて初めて見る生のパンダに興奮しきりだった。

「おっきいぬいぐるみみたい！」

そんなことを言って、周囲の笑いを誘う場面も。

帰りには売店でお土産を購入。しゅんは穂乃花ちゃん用にと、パンダ型のハンドパペットを選んだ。

「これで穂乃花ちゃんとの約束が守れるねー」

満足げなしゅんを見てふと、この子は一体どんな決断を下すのだろうと考える。

隼人さんに懐いていることは明白だ。二人の間にあった溝は、もう全く残っていないように思える。

だけどやっぱり、何かの拍子に穂乃花ちゃんを思い出すこともあるみたいで、「穂乃花ちゃんはどうしてるかな」「一緒に遊びたいよ」なんて言うことも。

しゅんが今どう思っているのか知りたい。だけど迷いがある状態でそれを聞くのは、下手にしゅんを混乱させる事態になるかもしれない。

——駄目だな、私。

焦って決断を促さないと決めたはずなのに、今すぐしゅんの答えを聞きたいと望んでしまうなんて。

そんなことをしては駄目。駄目だってわかっているけれど……。

「おかーさん、どうしたの？」

考え込む私の顔を、しゅんが覗き込む。

「お土産、何を買おうかなって迷っちゃって」

余計なことを言ってしゅんを惑わせたくなくて、咄嗟に嘘をついた。

——いずれにしても、まだ時間はあるわ。

私としゅんと隼人さん。

どんな結末が待っていようと、三人が納得のいく答えに辿り着けるように、残りの日々を丁寧に過ごしていこうと改めて心に誓ったのだった。


そんなある日。

掃除中にふとカレンダーを見た私は、あることに気がついた。

「やだ、もうすぐ八月十二日。隼人さんの誕生日じゃない！」

ずっとバタバタしていたせいで、隼人さんの誕生日をすっかり忘れていた。今までは誕生日を祝うこともできなかったけれど、今年はせっかく一緒にいるのだ。これまでの分も併(あわ)せて、盛大にお祝いしたい。

「ねぇねぇ、しゅん！」

私の声に、ソファの上でキーちゃんと絵本を読んでいたしゅんが、顔を上げる。

「おかーさん、どうしたの？」

「あのね、おとーさんにサプライズしようか！」

「さぷらいず？」

聞き慣れない言葉に、しゅんはキョトンとした顔で小首を傾げた。

11

「ただいま」

ほぼ定刻どおりに帰宅した隼人さんを、しゅんと一緒に出迎える。

「お帰りなさい」

「おとーさん、おかえりー」

そう言って隼人さんをジッと見つめるしゅん。

「お父さんの顔に、何かついてるか？」

顔にペタペタ触れながら、理由を問う隼人さん。

いつもならば隼人さんが帰宅すると、しゅんは子犬のように周囲をグルグル回りながら、その日あった出来事を報告する。それが今日は無言のままジッと顔を見るばかり。不思議に思うのも、仕方のない話だろう。

「んっとね」

隼人さんに尋ねられたしゅんは一瞬言いかけて、すぐに両手で口を覆った。話さない！　という意思が如実に表れている。

……というか、あまりにもあからさますぎて、隼人さんが不審に思っているのは明らかだ。

「しゅん、今日何かあったのか？」

もう一度尋ねられ、しゅんは首を横にブンブン振ると「わかんなーい！」と言ってその場から走り去った。

後に残されたのは、しゅんの後ろ姿を呆然と見送る隼人さんと私。

「美咲。本当に何があったんだ？　しゅんの様子が、なんだかおかしい」

しゅんの様子を心配する隼人さんだけれど、その理由を言うことはできない。

――だってしゅんが、隼人さんの誕生日プレゼントに似顔絵を描こうと思ってるなんて、絶対の秘密だもの！

隼人さんの誕生日に、サプライズパーティーを開こうと提案した私に、しゅんは諸手を挙げて賛成した。

「サプライズっていうのは、えーっと、お父さんを驚かせようって意味なの。だからお父さんには当日まで内緒にしててね」

「うん！　絶対内緒にするよ。キーちゃんも、シーッだよ」

胸に抱いたキーちゃんに言い聞かせるしゅん。破壊力抜群のかわいらしさに、ここに隼人さんがいたら、きっと身悶えたに違いないと想像する。

「パーティーって、何するの？」

「いつもしゅんの誕生日にやってることと、同じ感じかな？」

ちょっとしたご馳走を作って、ケーキとプレゼントを用意するだけの、本当にシンプルなパーティー。

高級なものを食べ慣れている隼人さんが満足できるご馳走を用意するのは、少し難しい気もする。だけど以前「またしゅんの作った料理が食べたい」とも言っていたので、当日は私としゅんが一緒に作った料理を出すことに決めた。きっと喜んでくれるに違いない。

ちらし寿司とかなら、具材を用意して混ぜるだけ。しゅんも簡単にお手伝いができるし、海鮮系にすれば見栄えもいいのでは？

あとは天ぷらや煮物を用意すれば大丈夫なはず。多分。

ケーキは近くのスイーツ店で買ってくればいいとして、問題はプレゼントだ。

隼人さんが身につけているものは、全て高級品ばかり。スーツも時計もバッグも、全てブランド品だ。私が普段買っているものとは、金額が一桁も二桁も違う。

私の持っているお金では、到底買えるわけもなく。

「プレゼント、何がいいかねぇ」

「何がいいかなー」

しゅんと同時にため息をつく。

「そうだ。お父さんの似顔絵を描いて贈ったらどうかな？」

「にがおえ？」

「母の日のプレゼントにって、お母さんの顔を描いてくれたことあったでしょう？」

保育園では記念日ごとに、いろいろな絵を描いていた。父親の存在を知らなかった
しゅんは、父の日に洋介さんの似顔絵を描いて、プレゼントしたことがあった。

「洋介おじちゃん、しゅんから絵をプレゼントされて、凄く喜んでたよね。お父さん
もきっと喜ぶと思うんだ」

「さんせーい！　ぼく、おとーさんのお顔を描くよ！」

早速プレゼントを決めたしゅんは、より上手に描くために、隼人さんの顔を目にし
っかり焼きつけることにしたらしい。

隼人さんの帰宅後、しゅんが取っていた謎行動は、こういう理由だったのだ。

サプライズをしようと決めたのは私。だからしゅんが何を隠しているかなんて、話

せるわけがない。隼人さんには申し訳ないと思いつつ「どうしたんだろうねぇ？」と誤魔化した。

　隼人さんは当然納得しなかったけれど、私たちが何か企んでいることは察知したのだろう。

「ふーん。今は言えないってこと？」

「まぁ、そういうこと」

「後日ちゃんと、理由を教えてもらえる？」

「うん」

「それはいつ頃？」

「じゅ」

　うにち、と言いかけて、ハッとした。危ない。誘導に引っかかるところだった。

「じゅ？」

「ううん、なんでもない。理由は近いうちに必ず話すから。今はそれで……」

「わかった。だけど二人の隠し事が気になって、仕事に集中できないかもしれない。それで大きなミスが起きてしまう可能性も、ないとは言い切れないし、第一心が傷ついた。胸が痛い。この痛みは美咲からキスをしてもらわないと、きっと治らない」

「それって単に、私とキスがしたいってことなんじゃ」

「バレたか」

ハハハと笑う隼人さん。バレないわけがない。

「でも、美咲としゅんが内緒にしていることを、暴かないでおく。それくらいの見返りがあってもいいと思わないか？　それに」

こういう理由にかこつけてでも、美咲とキスがしたい……そう耳元で囁かれ、全身が一気に熱くなる。

「美咲は俺とキスするの、嫌？」

「それは……」

嫌なわけがない。だって相手は隼人さんなんだもの。嫌がるほうがおかしい。

でも。

「今は駄目」

「なんで？」

「だって隼人さん、まだ手洗いうがいが済んでないでしょ？」

あ、と小さな声を漏らす隼人さん。そう。彼は手洗いうがいどころか、着替えもまだ済ませていないのだ。

「じゃあ今夜、しゅんが寝た後なら問題ない？」

「え」

「〝今は駄目〟ってことは、後なら大丈夫ってことでＯＫ？」

「へりくつよ」

「なんとでも言ってくれ。それとも美咲は俺とはキスしたくない？」

「そんなことは」

「なら決まり。楽しみにしてるよ」

上機嫌で洗面所に向かう隼人さん。私、まだキスするなんて言ってないのに。

だけど、そんなことを思いながらも、全然嫌じゃない……むしろほんの少しだけ、嬉しく思う自分もいるわけで。

——だって……久しぶりなんだもん。

同居までしていながら、私と隼人さんはキスを数回した程度。完全なる、清いお付き合いだ。

だからキスのたびに胸が高鳴るのは仕方のない話。

どうしよう。しっかりブレスケアしておいたほうがいいよね。あ、唇が少しカサカサしている。いつもよりリップをたっぷり塗っておいたほうがいい？　この前ドラッグストアで見かけた唇美容液、あれ買っておけばよかったな。そうしたらもう少し、ツヤツヤ、プルンプルンの唇になっていたかもしれないのに。

指で唇をフニフニ弄びながら、そんなことを考えていると。

「おかーさん」

「……っ！」

背後からしゅんに声をかけられ、体がビクッと震える。

「ど、どうしたの？」

「おかーさんがなかなか来ないから。おとーさんももう、お着替え終わって、キッチンにいるけど……どうしたの？　お顔、真っ赤だよ」

「へっ？」

しゅんの言葉に、声が裏返る。

変なことを考えていたせいで、どうやら赤面していたようだ。

「ちょ、ちょっと暑いせいかなぁ。ほんと、東京の夏は蒸して困るね」

あー暑い暑いと、手を団扇（うちわ）のようにしてパタパタ動かしていると、

「おうちの中は、暑くないよ？　おかーさん、なんか変なのー」

と、しゅんに突っ込まれた。

……うん、そうだね。自分でも変だって思うわ。

そしてやってきた八月十二日。

土曜日ということで、隼人さんは仕事がお休み。朝から家でのんびりしている。

三人でどこかへ出かけようと提案されたけれど、それだとサプライズパーティーの準備が行えない。

断わられて残念そうにする隼人さんに、心の中で謝罪する。

というか、そもそも隼人さんが家にいる状態じゃ、何もできないことに気づく。

どうしよう……しばらく悩んだ末に、スマホを持ってトイレに駆け込み、とある番号に電話をかけた。

「もしもし?」

『姉ちゃん、こんな朝早くにどうしたの』

私が電話をした相手、それは弟の健吾だった。

「もうすぐ十時になるわよ。全然朝早い時間じゃないから」

『俺、昨日遅くまで呑んでて、まだ爆睡中だったんだよね』

「起こしちゃってごめん。実はお願いがあって」

『姉ちゃんがお願いって珍しい。何？　どうしたの』

「あのね、隼人さんを呼び出してほしいの」

『は？』

作戦はこう。

健吾に隼人さんを呼び出してもらい、数時間ほど家にいない時間を作る。

その間にしゅんと二人でパーティーのご馳走作り。終わったら予約してあるケーキを取りに行って、最後に紙で作った花や輪飾りなどで、ダイニングを飾りつける。

後は隼人さんが帰ってくるのを待つだけ。

「というわけで、お願い！」

『えーー……。なんだよ、その行き当たりばったり感しかない作戦は』

「だって、これしか思いつかなかったんだもん……」

『準備の最中に、伊波さんが帰ってきたりしたらどうすんの。サプライズにならないじゃん』

健吾の指摘に、反論できない。

こうなったらもう今日の計画を素直に伝え、準備だけでもさせてもらうしか……と考えた私だったけれど、予想に反して『いいよ』という答えが返ってきた。

「本当？」

『一個貸しな。俺に困ったことが起きたときは、姉ちゃんにも協力してもらうから』

「もちろん！　受けた恩は必ず返すわ」

『んじゃあ、後で伊波さんを呼び出すわ』

ちょっと酒抜いておかないとヤバいと言って、健吾は電話を切った。

隼人さんに呼び出しの電話がかかってきたのは、それから五時間ほど経ってから。

お酒を抜くのに随分時間がかかったようだけれど、今から準備を始めれば、出来上がりはお夕飯の時間くらいになるだろうから、ちょうどよかったかもしれない。

「健吾くんが、仕事のことで相談に乗ってほしいって言うから、ちょっと出てきてもいいか？」

「うん、いいわよ」

「夕方までには帰るから」

「わかった。ゆっくりしてきても大丈夫だからね」

むしろ早く帰ってこられると困るので、念押しするように伝える。

隼人さんは一瞬だけ妙な表情を浮かべたものの、「行ってきます」と家を出た。

「しゅん、パーティーの準備を始めよう！」

「おー！」

しゅんは両手を上げて、元気よくお返事した。

まずはばらちらし作りの準備から。お米を炊飯ジャーにセットして、炊けるのを待つ間に天ぷらとちらし用の具材を全てカット。

「おかーさん。お野菜全部洗えたよ。ほかには？」

野菜洗いを担当するしゅんが、やる気を漲らせている。

「じゃあ、海老の殻も剥いてもらっちゃおうかな」

天ぷら用の海老を出して、剥き方を教えてあげる。しゅんは初めての作業に少し苦戦しながらも、慣れない手つきで海老を全て剥いてくれた。

「おとーさん、喜んでくれるかな？」

「大丈夫。きっと喜んでくれるわよ」

ただでさえ子煩悩な隼人さんだ。絶対喜ぶに決まっている。

その後も二人でワイワイ言いながら、テキパキと準備を進めていく。途中ケーキの買い出しに行ったりしながら、全ての準備が終わって時計を見ると、すでに十八時を回っていた。そろそろ隼人さんも帰ってくることだろう。

「おとーさん、いつ帰ってくる？」

「うーん、そろそろじゃないかな」

そんなことを話していると、玄関から鍵の開く音が聞こえた。

隼人さんが帰ってきたのだ。

「おとーさーん!!」

隼人さんの元へ駆けつけるしゅんを追いかけて、私も玄関へと向かう。

「ただいま」

隼人さんはいつものように、笑顔でしゅんの頭を撫でた。

「お帰りなさい。外、暑かったでしょ」

「この時間でもまだ暑いよ。家の中は涼しくて快適だな」

「おとーさん、早くご飯食べよう！」

一刻も早くサプライズメニューを見せたくて仕方ないしゅんが、焦れたようにピョンピョン飛び跳ねながら隼人さんを促す。

「もう夕飯の時間だもんな。手を洗ってくるから、少し待ってて」

隼人さんが洗面所に向かうのと同時に、ダイニングに向かう。用意していたクラッカーを手に、隼人さんの到着を待つ。

「ドキドキするね……」

「お母さんも凄くドキドキしてる」

「おとーさん、ビックリするかな？」

「きっとしてくれるよ」

そんなことを小声で話していると、ついにドアが開いた。今だ！

「隼人さん、お誕生日おめでとう！」

「おとーさん、おめでとーーー!!」

お祝いの言葉と共にクラッカーをパンと鳴らすと、隼人さんは驚いた顔をして私たちを見た。

「え、えぇっ？」

突然のことに、理解が追いついていない……そんな様子だ。

「隼人さん、今日誕生日でしょう？」

「あー、そうだ。そういえば、そうだった。すっかり忘れていたよ」

「自分のお誕生日なのに、変なのー」

しゅんがケラケラ笑う。子どものときは、お誕生日といえば特別な一日という感じがしたけれど、大人になるにつれて誕生日を祝わなくなるという人も出てくる。私もそうだ。せいぜいコンビニでケーキを買って、しゅんと二人で食べていたくらい。

特に隼人さんは自分の誕生日よりも仕事優先タイプだから、自分が生まれた日を忘れていても不思議じゃない。

「隼人さんが出かけている間に、しゅんと一緒にご馳走を用意したの」

「ぼくね、お野菜洗って、海老をむきむきして、ご飯をエイエイッてしたんだよ！」

「あ、もしかして健吾くんも一枚噛んでる？」

「ちょっと協力してもらっちゃった」

「どうりで」

健吾に「相談がある」と言われていたのに、いまいち取り留めのない内容で、途中からは雑談に終始したことで、隼人さんは疑問を抱いていたらしい。

私から突然無茶振りをされて、健吾も相当困っただろう。今度改めて、お礼とお詫（わ）びをしなければ。

「どうぞ、席について」

「ああ、美味そうだ。ありがとう、美咲。しゅん」

隼人さんに頭を撫でられたしゅんは、エへへと嬉しそうに笑った。

会話は弾み、しゅんと一緒に用意した料理はあっという間になくなった。特に隼人さんの食べる勢いは留まることをしらず、あまりの食べっぷりに後でお腹が痛くならないか心配になったほど。

食後のデザートを食べながら、それぞれプレゼントを渡した。

しゅんから似顔絵を贈られた瞬間、隼人さんは舞い上がらんばかりに喜んだ。

「おとーさんのお顔をいっぱい見て描いたんだよ」

「あー、あれはそういうことだったのか」

ここ最近、しゅんにジッと見つめられていた理由がようやくわかったようで、隼人さんは大きく納得した。

「しゅん、ありがとう。これは額に入れて、お父さんの書斎に飾っておくよ」

「私からはこれ」

用意したのはアイマッサージャー。仕事を家に持ち帰ることもある隼人さん。ずっとPCを見つめっぱなしのせいで、目が疲れているのだろう。たまに目頭の辺りをグリグリと揉みほぐしていたりするので、少しでも疲れを癒やしてもらおうと、これを選んだのだ。

「疲れたときはこれで目を休めてね」

「ありがとう、美咲。二人からの贈り物は、人生で最高の宝物だよ」

隼人さんに喜んでもらえて、私も嬉しくなる。しゅんも同じ気持ちみたいだ。

家族三人で初めて祝うお誕生日会は、幸せな気分のまま、幕を下ろしたのだった。

寝かしつけをしている間も、しゅんの興奮は冷めやらないようで、ずっとお誕生日会の話をしていた。

「おかーさん、今日はすっごい楽しかったね」

「そうだね。お父さんも嬉しそうにしてくれてたね」

「ぼくも！　あのね、東京に来てから嬉しいことがいっぱいあって、よかったーって思うよ」

「しゅんは東京が好きになった？」

「うん！」

「……じゃあ、このままお父さんと一緒に暮らしたいって思う？」

私の質問に、しゅんは一瞬ポカンとした表情になった。まるで「何言ってるの？」とでも言いたげな顔だ。

「覚えてるかな。東京に来てすぐの頃、ここでお父さんと一緒に暮らすか、それとも向こうに戻ってお母さんと二人で暮らすか、九月になったら決めるって話したこと」

「うん」

「もうすぐ九月になるから、そろそろどうするか決めておかなきゃいけないんだ。しゅんはどっちがいい？」

難しい顔をして考え込むしゅんを見て、胸がざわめく。

「ぼくね」

しゅんは天井をジッと見つめながら、ポツリと呟いた。

「らさいファームが好きなの。穂乃花ちゃんとまた遊びたい。だけど、おとーさんとも一緒にいたい」

「しゅんは、お父さんのことが好き？」

「うん。おかーさんが前に教えてくれたみたいに、おとーさんは悪い人じゃなかったから。ぼくといっぱい遊んでくれて、大好きになったよ」

「そっか。お父さんきっと喜ぶよ」

「だけどね、ぼくは穂乃花ちゃんも好きなの」

穂乃花ちゃんとしゅんは、いつも一緒にいるのが当たり前だった。そんな穂乃花ちゃんと離れるのは寂しいのだろう。

「穂乃花ちゃんもここで一緒にお泊まりしちゃだめ？」

「それはさすがに……」

しゅんの言うお泊まりは、暮らすという意味に違いないだろう。いくら洋介さんや麻衣さんでも、それを許可してくれるとは思えない。

「お父さんか穂乃花ちゃんか、どっちか選んでって言われたら、どうする？」

「わかんないよぉ……」

くしゃりと顔を歪めて泣きそうになるしゅんを、ギュッと抱きしめた。

「ごめんね。お母さん、意地悪なこと聞いちゃったね。だけどね、これは大事なことなんだ。しゅんが向こうに戻りたいって言うなら、お母さんそうするよ」

「じゃあ、おとーさんは？　おとーさんも一緒？」

「お仕事があるから、ここに残ることになるかな」

以前言っていた『子どもが快適に過ごせる家づくりプロジェクト』が今年の冬から本格始動することになり、隼人さんはそのプロジェクトリーダーに内定した。しかも所属先も、今勤めている会社からＩＮＡＭＩ本社に変わるのだ。

きっとお義父さまが、隼人さんの頑張りを評価してくれたのだろう。

新しい仕事を目の前にやる気を見せている隼人さんや、周囲の人々の期待を裏切ってまで、一緒に来てほしいなんて言えない。

「お父さんとは別れて暮らすことになるけど、またいつでも会えるから。二人で東京に遊びに来ればいいし、お父さんだってしゅんに会いに来てくれると思うよ」

「おかーさんは？」

「え……？」

「おかーさんは、おとーさんとバイバイして、らさいファームに帰ってもいいの？」

鋭い問いかけに、一瞬言葉をなくした。

「おかーさんは、おとーさんとバイバイしたら、寂しくない？」

「それ、は……」

「寂しい？」

「……だけどお母さんは、しゅんの気持ちが一番だもん。お父さんもね、しゅんの気持ちを大切にしたいって言ってたから、お母さんのことは気にしないで自分がどうしたいかだけを考えて」

長い沈黙の後、しゅんはコクリと小さく頷いた。

その後しゅんがこの話題に触れることはなく、私も隼人さんも敢えて口にはしなかった。こういうときは下手に口出しせず、一人でじっくり考えてもらうのが一番だと知っていたから。

タイムリミットまで、残り僅か。

しゅんの、そして私たちの出した決断は――。

＊＊＊

ついに約束の九月がやって来た。

家族三人で夕飯を済ませ、食後のお茶を出したタイミングで、私はしゅんに声をかけた。

「しゅん、この前お母さんが言ったこと覚えてる？　しゅんはどっちで暮らしたいかっていうお話」

私の言葉にしゅんはコクンと頷いた。

眉をキリッとさせ、真剣な表情を浮かべている。

「しゅんはどうしたい？」

「自分の思ったことを、素直に言っていいんだからな」

本当はしゅんに残ってほしいはずの隼人さん。だけどかけた言葉は、しゅんの意思を尊重するというものだった。

私たちに見守られながら、しゅんがゆっくりと口を開く。

「ぼく……ぼく、ね……」

しゅんの答えを、固唾を呑んで待つ。

その一瞬が、永遠のように思えた。

「ぼく、おとーさんと一緒にいたい」

しゅんは決意を固めたような表情で、たしかにそう言った。

「それって……」

隼人さんの声は、微かに震えていた。

「あのね、ぼく、おとーさんとおかーさんと一緒に、ここにいる」

「しゅん……！」

ガバッと勢いよくしゅんを抱きしめる隼人さん。感動と興奮で、歯止めが利かなかったようだ。

ギュウギュウに抱きしめられたしゅんが、隼人さんの腕の中で「くるしいよぉ」ともがいている。

「ああ、すまない。嬉しくて、つい」

「おかーさんも、おとーさんと一緒にいたい？」

「うん。お母さんも、しゅんとお父さんと一緒にいたいよ。だけど本当にいいの？

穂乃花ちゃんや園のお友だちと、会えなくなっちゃうよ？」

それを言うと、しゅんは少しだけ泣きそうな顔をした。

「あのね、おかーさんが……」

「お母さんが、どうしたの？」

「おとーさんと一緒にいると、すっごく嬉しそうだから。おとーさんも、おかーさんが大好きーってお顔してるし、ぼくも三人でいると楽しいの。だから毎日一緒にいたいよ。それにね、穂乃花ちゃんに会いたいときは、飛行機に乗ればすぐ会えるって教えてもらったよ」

たしかに飛行機だと、片道一時間ちょっとの距離。あっという間といえば、あっという間だ。東京に来るとき飛行機に乗った経験も、しゅんが心を決める一つの材料になったのだろう。それにしても。

「誰に教えてもらったの？」

「健吾くん」

どうやら健吾はパンダを見に行ったとき、私たちに知られないよう、しゅんに入れ知恵をしていたようだ。

「あの子ったら……」

「穂乃花ちゃんにはね、会いたくなったらいつでも会えるから、いいの」

「三人で向こうに引っ越すこともできるんだぞ」

うーんと唸ったしゅんは「でもね」と言葉を続けた。

「おとーさんは、大事なお仕事があるんでしょ」

「まぁ……だけど別に、仕事はどこでもできる。お母さんみたいに家で仕事をしたっていいんだ」

「だけどおとーさんは新しいお仕事を始めるんでしょう？　おかーさんが言ってたよ。おとーさんがリーダーっていう偉い人になるんだって」

プロジェクトの件を話したのは、結構前のことだというのに、しゅんはちゃんと覚えてくれていたのだ。

「おかーさんはいつも、お仕事は大事なんだよって言ってるの。らさいファームのみんなもね、毎日いっぱいお仕事してるの。だからおとーさんも、ちゃんとお仕事しないとだめだよ」

しゅんに窘(たしな)められた隼人さんは「そうだな」と言ってクシャリと笑った。

「じゃあ、これからも三人でここで暮らそう」

「うん！　おかーさんもそれでいい？」

「もちろん」

よかったーと笑うしゅんに、私も釣られて笑みを零す。

安堵の表情を浮かべる隼人さん。

「それじゃあ、栗原家の皆さんにも早速ご報告しよう」

「そうね」

両親も健吾も、きっと喜んでくれるだろう。

「それから、らさいファームと……」

隼人さんは一度言葉を切った後、意を決したように口を開いた。

「うちの両親にも」

隼人さんのご両親。ＩＮＡＭＩの最高経営責任者。

思わず緊張が走る。

実はまだ、隼人さんのご両親にご挨拶していなかったりする。本当はすぐにお伺いしようと思っていたのだけれど、お義母さまが「顔を出すのは落ち着いてからでいいんじゃない？」とおっしゃったのだとか。まずは今後どうするか、親子でしっかり決めてからにしろと言ってくれたため、お言葉に甘えたというわけだ。

なので九月になって全てが決まったとき、改めて報告しに行こうと、隼人さんと言っていたのだけれど、ついにお目にかかるときがきた……！

「どうしよう。急にドキドキしてきちゃった」

「そんな緊張しなくても」

「そうは言っても……」

隼人さんのお義父さまにお会いしたのは、過去二度ほど。ＩＮＡＭＩのトップだけあり、風貌も貫禄も桁違いだった。

畏怖の念すら覚えるほどの、圧倒的迫力と存在感。

お義父さまは六年前から今日までのことを、どう考えているのか……想像しただけで恐ろしい。

「心配ないよ。ちょっと顔を出して、一緒に暮らすことにしたって報告すれば済むことだから」

隼人さんはそう言うけれど、簡単に割り切れるわけもなく。

かといって、東京に戻って来てから一度もご挨拶すらしていないのだから、ご報告を兼ねてお伺いする必要はあるわけで。

お父さまにお目にかかることを考えただけで、胃がキュッとなった。

12

伊波のご本家に行く日が、とうとうやって来てしまった。

目覚めた瞬間から緊張の連続で、朝食が喉を通らなかったほど。

「そんなに硬くならなくても」

隼人さんはそう言うけれど、私がしてきたことを考えると、リラックスなんてできるはずがない。一度隼人さんの元を去った私を、ご両親は認めてくださるだろうか。

……正直、認めてもらえない気がしてならない。

私の緊張はしゅんにも移ってしまったようで、キーちゃんを抱っこしながらソワソワソワソワ……。

「やっぱり今日はやめておくか？」

気遣ってくれる隼人さんに「ううん」と首を振る。

お約束が今日に決まったのは、お義父さまのスケジュールが関係していた。今日を逃したら次にお会いできるのは、一ヶ月半先になるらしい。ただでさえお忙しいお義父さまを、私の都合で振り回していいわけがない。

「ならいいけど……体調が悪いと思ったら、すぐに言うんだぞ」

うんと素直に首肯したものの、果たして隼人さんに告げるタイミングがあるかどうか。ご両親を前にしたら何も言えなくなりそうな気がする。

バタバタと出かける準備をしているうちに、伊波家の運転手さんから到着の連絡が入った。

しゅんの支度もＯＫ。よそ行きの服に身を包み、髪を整えたしゅんは、なんだかいいとこのお坊ちゃんに見える。まぁＩＮＡＭＩ創業家の一員なわけだから、お坊ちゃんに違いないんだろうけれど。

「キーちゃんも連れてっていい？」

「それは……」

置いていったら？　と言いたい。けれど大好きなキーちゃんと一緒にいることでリラックスできるならと思って「いいよ」と答えると、しゅんはなぜか私にキーちゃんを手渡してきた。

「貸してあげる。キーちゃんがおかあさんを守ってくれるよ」

今日のキーちゃんは、私のお守りらしい。しゅんの優しさに、思わずほっこり。

マンションを出ること約二十分。車は渋谷区の閑静な住宅街に到着した。

伊波家は代々、木場に居を構えていたらしい。それが戦後すぐこちらに移り住み、今日に至るのだとか。

大きな門をくぐると、その奥に和モダンの要素をふんだんに採り入れた豪邸が聳え立っている。静謐かつ荘厳という言葉が相応しい住居だ。

玄関まで続く敷石を、しゅんは楽しそうにピョンピョン跳んで移動している。

枝葉が綺麗に整えられた立派な松の横を通り抜けると、鯉のいる池が見えてきた。

その横に立派な灯籠が立っているのも、昔から変わらない。

そういえばこちらに初めてお邪魔したとき、宵の口になると灯籠に火が灯されたことを思い出した。それが水面に反射して、ユラユラと幻想的な風景だったことを思い出す。

この池を再び見ることができるなんて……そう思うと、なんだか感慨深い。

「さあ、着いた」

玄関の前で、隼人さんが私たちを振り返る。忘れかけていた緊張が、一気に蘇る。

「ここ？」

訪ねるしゅんに隼人さんが「そう」と答えた瞬間、引き戸がガラリと開いた。

「まぁまぁ、坊ちゃま方。お帰りなさいまし」

愛嬌（あいきょう）のある初老の女性が、満面の笑みを浮かべながら私たちを出迎えてくれた。

この女性にも見覚えがあった。伊波家の家政婦さんで、名前はたしか……。

「サキさん、ただいま」

隼人さんの言葉で、サキさんという名だったことを思い出す。

「どうも、お久しぶりです」

ペコリと頭を下げた私に、サキさんは嬉しそうな表情で「お待ちしておりましたよ」と言ってくれた。

「九月も半ばだというのに、暑くて嫌になりますね。美咲さんもしゅんさんも、どうぞ中にお入りください。旦那さまと奥さまがお待ちでいらっしゃいますよ」

「お邪魔します」

「おじゃなしまーす」

私のまねをしてしゅんも挨拶をしたけれど、「お邪魔」を「おじゃな」と言い間違えてしまった。うーん、残念。サキさんが必死に笑いを堪えている。

「しゅんさんは、かわいらしい方ですね」

サキさんに褒められたと思ったしゅんは得意顔だ。

「恐縮です……」

「しゅんさんは果物がお好きだと坊ちゃまから伺ったので、奥さまがゼリーをお取り寄せされたんですよ。後で召し上がってくださいね」

聞けば銀座にある高級フルーツ専門店の、フルーツゼリーらしい。あまりの奮発ぶりに、却って恐縮してしまう。

長い廊下を抜けて奥座敷に着くと、隼人さんのご両親が私たちを出迎えてくれた。

「ようこそ。お待ちしておりましたよ」

すぐにソファから立ち上がって出迎えてくれるお義母さま。おっとりとして、嫋やかな雰囲気の、かわいらしい方。

不思議なことに、外見は六年前となんら変わらないように見える。真の美魔女とは、こういう方のことを言うのかもしれない。

一方のお義父さまはソファに座ったまま険しい表情で腕組みをしている。

威厳に満ち溢れた圧倒的オーラ。ただでさえ近づくことすら躊躇われてしまうというのに、今日は眉を顰めて口を真一文字に引き結んでいるから、余計に圧倒されてしまう。

どうしよう……凄く、気まずい……。

「さぁ、座って」と促されたものの、正直いたたまれない気分でいっぱいだ。

サキさんが用意してくれたお茶とジュースがテーブルに並んだ頃、隼人さんが口を開いた。

「父さん、母さん。美咲としゅんを連れてきたよ」

「ご無沙汰しております。六年前、あのようなことをしでかしてしまい、大変申し訳ございませんでした。それからこのたびもすぐご挨拶に伺わず、失礼いたしました」

「もう気にしないで。以前のことは隼人の対応もまずかったのよ。美咲さんだけのせいじゃないわ。それに今回だって落ち着いてからでいいと言ったのは、私なんですから。それよりその子が」

「はい。息子のしゅんです」

「くりはらしゅんです！」

元気に自己紹介したしゅんに、お義母さまが相好を崩した。

「あらあら、偉いわねー。どうしましょう、私にこんなかわいい孫がいたなんて感激だわ。ねぇあなた、ちょっと見てご覧なさいよ、隼人の子どもの頃にそっくり。ううん、隼人よりもかわいらしいわぁ」

お義母さまが促しても、お義父さまは仏頂面のまま。

やはり歓迎されていなかったか……覚悟していたこととはいえ、やっぱり落ち込んでしまう。

「この前も伝えたと思うけど、俺たち一緒に暮らすことにしたから」

「入籍はするのよね？」

「ああ。だけど式は挙げないで、入籍届と認知届だけ出そうと思って」

これは隼人さんと二人で話し合って決めたこと。

なんとなく挙式や披露宴をする気にはなれなかった。

隼人さんがＩＮＡＭＩの後継者であることを考えれば、お披露目（ひろめ）や周知は必須。実際、六年前に披露宴を行うことにした理由は、ずばりそれだった。

けれど今回は、隼人さんが私のしたいようにすればいいと言ってくれたので、甘えさせてもらったのだ。

お義母さまも「いいんじゃないの？」と納得してくれてホッと一安心。けれどお義父さまは、やはり何の反応も示さない。

式を挙げない選択をしたことを、怒っているんだろうか。ＩＮＡＭＩの後継者を軽んじていると思っている？　不安がどんどん募っていく。

「親戚の方々には、私のほうから連絡しておくわ」

「助かるよ」

「それで、いつ籍を入れるの？」

「近いうちに入れようと思ってる」

「まぁ、まだ決めていないの？」

「向こうに美咲としゅんの荷物を取りに行かなきゃならないし、しゅんはこれから入学前検診を控えているだろ。俺も新規プロジェクトの件で忙しくなるから、いろいろ落ち着いたら届けを出しに行こうって決めたんだ」

「そんな曖昧な状態だと、またご破算になってもおかしくないな」

ずっと沈黙を貫いていたお義父さまが、口を開いた。

厳しい言葉を覚悟してはいたけれど、実際に言われるとやはりきつい。心臓がバクバクと音を立て、手のひらに汗が滲んだ。

「以前だって入籍まで半年の猶予を持たせていたら、直前になってあんなことになったんじゃないか」

「父さん」

「隼人、お前は黙っていろ。私は美咲さんに聞いてるんだ」

お義父さまは隼人さんを制すと、まっすぐに私を見つめた。鋭い眼光に射すくめられて、胃がキュッと痛む。

「ＩＮＡＭＩは良くも悪くも注目を浴びやすい。しかも君の過去の行動は、大勢の人間の知るところだ。何か対処できないようなことが起きたとき、また一人で逃げ出すくらいなら、最初から結婚などしなければいいとは思わないかね」

真っ向から反対され、クッと言葉に詰まる。

お義父さまの言うことはもっともだ。

予定していた入籍と挙式を、キャンセルしたことは周知の事実。隼人さんの元には多くの見合い話などが舞い込んだと聞いているし、結婚がご破算になったことを知る人間は、私が考えている以上に多いだろう。

隼人さんが私とよりを戻して、今度こそ結婚しようとしていると知って、不快に思う人も出るかもしれない。

成田さんのような人が現れて、私を再び退けようと悪意ある行動をしてくる可能性だって考えられる。

堪えきれなくなったとき、また逃げ出してしまうだろうと、お義父さまが懸念を抱くのも理解できる。

もしも私が再び失踪すれば、隼人さんは二度も花嫁に逃げられた哀れな男のレッテルを貼られてしまう。隼人さんのことを考えたら、お義父さまの言うとおり、最初から結婚なんてしないほうがいいのかもしれない。

だけど。

「もう二度と、逃げ出したりはしません」

お義父さまの目を見つめ返して、きっぱりと言い切った。

「なぜ、そんなことが言い切れる。一度は尻尾を巻いて逃げ出した君の言葉が、信じられるとでも思ったか？」

「そう思われても仕方ありません。私はそれだけのことをしでかしてしまいました。ですがこれだけは言わせてください。私はもう逃げません。なぜならもう、逃げる必要がありませんから」

「根拠は」

「これまでの六年間が、私を変えてくれたからです」

以前の私は、隼人さんの隣に立つのが私なんかでいいのか、ずっと悩んでいた。

何もできない、わからない自分に不甲斐なさを感じて、一人で焦る日々。

誰にも頼ることなく、一人でなんでもできるようにならなければ、ＩＮＡＭＩの一員として周囲に認められないかもしれない。

平凡な私を選んでくれた隼人さんのためにも、立派な花嫁にならなければと、もがき続けていたのだ。

成田さんに厳しく叱責されるのは、何一つ理解できない自分が悪いから。

私自身がもっとしっかりすれば、こんなつらい目に遭わずに済む……本気でそう信じていたのだ。

「心がボロボロに傷ついて、もう二度と立ち直れないとさえ思っていました。それを癒やしてくれたのは、どこまでも続く雄大な大自然と美しい景色、そこに暮らす人々の温かい心でした」

みんなの善意を受けながら、私は少しずつ回復していった。

とはいえ、楽しいことばかりではなかったのもたしかだ。迷ったり葛藤することも多々あった。

けれど何をするにもまずは自分で考え、自らの力で道を切り拓かなくてはならない状況と、あの地に暮らす多くの人たちと共に支え合い、たくさんの失敗をしながら一つ一つ乗り越えていけたことで、私は大きく成長することができたのだ。

「隼人さんのために一人前になりたい——その考えこそが驕(おご)りであり、間違いだったということに気づいたんです」

人は一人では生きていけない。

あのときの私がやるべきだったのは、隼人さんと共に手を取り合って解決していくこと。

私はあの地でそれを学んだ。

「もうあの頃のように、一人で逃げ出すつもりはありません。私たち家族は何か困難に直面したら、三人で解決策を探るって約束しましたから」

隼人さんとしゅんが、私を支えてくれる。

私も隼人さんとしゅんを支え、助けられるような存在になる。

そう誓ったのだ。

思いの丈を素直に打ち明けるも、それに対してお義父さまは何も言わなかった。

沈黙が部屋を包む。

「父さん」

長い静寂の後、口を開いたのは隼人さんだった。

「父さんの言うとおり、俺たちの行く道には困難が待ち受けているだろう。だけど俺には美咲としゅんがいる。これからはお互いに支え合いながら生きていくと決めたんだ。思うことはいろいろあるだろうけど、俺たちの今後を見守ってほしい」

深々と頭を下げる隼人さんに倣い、私も頭を下げる。

「ぼくもおかーさんを守るよ!!」

しゅんが大きな声で宣言すると、フッと小さく息を吐く音が聞こえた。

「そこまで言い切ったからには、覚悟はできているんだろう。ならばもう、好きにすればいいだろう」

それだけ言うとお義父さまは部屋を後にした。

やっぱり認めてもらえなかったの……？

予想していたこととはいえ、ショックは隠せない。

「あの人も素直じゃないわねぇ」

お義母さまが呆れたように呟いた。

「え……」

「二人の思うとおりにすればいい、何も言わずに見守っているっていう意味なのよ」

とてもそんなふうには思えなかったけれど……でも隼人さんも「相変わらず言葉の足りない人だよなあ」と呆れた様子で語っている。

「うちの人、あのとおり言葉足らずの面があってねぇ。私がいろいろ補ってあげないと駄目なのよ」

「人付き合いが苦手で、愛想も悪いでしょう。ＩＮＡＭＩのトップという肩書きも相まって、怖い人だとよく誤解されるのだけれど、実は案外そうでもないのよ」

「え」

「母さんが上手くフォローして回らなきゃ、ＩＮＡＭＩは今頃どうなってたかわからないな」

「もしかしたら内部分裂が起きて、経営破綻していたかもしれないわねぇ」

コロコロと鈴を転がすような声で笑うお義母さま。優美な外見からは想像できなかったけれど、実は随分と頼もしい方のようだ。

「私はね、夫婦の在り方に決まった形なんてないと思うの」

お義母さまも過去、周囲から『ＩＮＡＭＩの妻ならばこう在らねばならない』とさんざん説かれたらしい。一挙手一投足を監視され、そこから少しでも外れた行動を取ると、逐一文句を言われたのだとか。

「でもね、そんなことに耳を傾ける必要はないと思わない？　私たち夫婦には、私たちの形があるのだもの。私はそれを大切にしたいわ。美咲さんと隼人だってそう。しゅんくんも三人で、あなたたち家族の形をこれから作っていけばいいじゃない」

外野がとやかく言ってきたら私がお仕置きしてあげるわね、と笑うお義母さま。

こんなかわいらしい方に、お仕置きなんて言葉はちょっと似合わない。そんなことを考えていた私に、隼人さんがコソッと耳打ちした。

「母のお仕置きはかなり強烈なんだ」

「え」

「みんなあの容姿に騙されて最初は舐めてかかるんだけど、後で大体しっぺ返しを喰らうんだ」

「ちょっと。こそこそ内緒話するのはやめてちょうだい。全部聞こえているわよ」

お義母さま曰く、これまでＩＮＡＭＩに対して悪意をぶつけてくる人間がたくさんいたらしい。

それはライバル企業だったり、協力会社の人間だったり。社員が下剋上を起こそうと画策したこともあったそうだ。

お義父さまをＩＮＡＭＩのトップの座から引き摺り下ろして、自らが君臨しようと考える輩は、後を絶たなかったのだとか。

それを全て去なし、やられたらやりかえすの精神で立ち向かったのが、なんとお義母さまだったのだという。

「うちの人は経営のこと以外は本当にポンコツでねぇ。私がなんとかしないと、ＩＮ

ＡＭＩが困ったことになるからって、とにかく必死だったのよ。おかげでいろんなことに対処できるようになってね。ほら、例の成田さん」

突然出てきた名前に、心臓がドクリと音を立てた。

「あの人もね、ちょっとおいたがすぎたでしょう？　裏であんなことをしでかしておきながら、都合が悪くなったら退職して逃げようなんて、虫がよすぎるわよねぇ？」

「い、一体何をしたんですか……？」

「そう大したことじゃないの。ただＩＮＡＭＩの全関連企業と、披露宴にお呼びしていた全ての皆さまに、彼女のしでかしたことを逐一報告しただけよ」

隼人さんと私の結婚がなくなり、その原因を作ったのが成田さんであることや、彼女が私を陥れた手口などを詳細に記した文書を一斉に送ったらしい。

そしてここでポイントとなるのが、ＩＮＡＭＩの全関連企業という点。

ＩＮＡＭＩは家電や家具、インテリア、生活用品を扱う企業を傘下に入れている。営業所は全国各地に多数あるといった状態だ。

さらに披露宴にお呼びしていた方々というと、ＩＮＡＭＩに負けず劣らずの有名企業ばかり。ほかにも政治家や芸能関係者の名前もあった。

招待状の準備をする際、隼人さん側の招待客にビッグネームが多く並んでいるのを見て、手の震えが止まらなくなったことを覚えている。

その全てに、報告書を送った。

真実を知った人々は、どう思ったことだろう。関連企業ならば、ＩＮＡＭＩの御曹司とその婚約者を嵌めようとした人間を、雇い入れることは避けるはずだ。雇用したことがＩＮＡＭＩに知られれば、自分たちの立場が危なくなると考えた経営者は多いに違いない。

披露宴にお呼びした方々の記憶にも、成田さんの悪名は刻みつけられたことだろう。問題を起こした難ありの人物を喜んで入社させようという人は少ないはず。

健吾から話を聞いたとき、成田さんはトカゲが尻尾（しっぽ）を切るように上手く逃げおおせたのだろうなんて考えて少しモヤモヤしていたけれど、実際はまるで違っていたようだ。

これは次の就職先を見つけるのは、相当大変なのでは……。

「そういうわけで、何か困ったことが起きたら私にも相談してちょうだい。どうやって対処するか、その方法を伝授するから」

おっとりと、かわいらしい笑顔を浮かべるお義母さま。それが、なぜか恐ろしく見えて仕方ない。

「そこは『私が処理してあげるから』じゃないのか」

隼人さん！　処理って!!

物騒な言葉に、恐れ戦いてしまう。

「別にそうしてあげてもいいんだけれど、それじゃあ私がいなくなったとき、美咲さんが苦労することになるじゃない？　隼人はお父さんよりマシだけれど、まだまだ甘ちゃんなのよねぇ」

「相変わらず厳しいな……」

ガックリと肩を落とす隼人さんを尻目に、お義母さまが「美咲さん、どう？」と私に問いかける。困難が再び訪れた際、立ち向かう覚悟ができているのか、と尋ねられた気がした。

「お願いします」

「美咲……無理しなくていいんだぞ？」

心配そうな表情の隼人さんに、「大丈夫」と答える。

だってお義母さまの言うとおりなのだもの。この先、いかなる困難が待ち受けているかわからない。私たち家族だけで解決できないことだって出てくるかもしれない。

そんなとき、これまでお義母さまが培ってきたノウハウを伝授してもらえたら、これほど心強いものはない。

「よろしくお願いします」

「こちらこそよろしくね」

お義母さまの小さな手が、私の両手をキュッと包み込む。労るように触れる温かな指先に、涙が出そうになった。

「応援しているわ」

「ありがとうございます」

涙声でお礼の言葉を告げる私に、お義母さまは花が綻(ほころ)ぶように笑った。

＊＊＊

夜になり、伊波家で夕飯もご一緒させていただき、そろそろ帰る頃合い……というとき、お義母さまが「しゅんくんと離れたくないわぁ」と言い出した。

「もう帰っちゃうなんて寂しいわ。しゅんくんだけでも泊まっていかない？」

「え、それは……」

私から離れたことのないしゅんが、一人ここに残るのは……と思っていたのに、しゅんも「別にいいよ！」と言い出した。

「ぼくね、おばーちゃまが大好きになったから、もっと一緒にいたいかも」

「あら、嬉しい。じゃあ明日の朝はデザートにフルーツゼリーを出しちゃおうかしら。サキさん、ゼリーはまだ残ってるわよね？」

「はい。たっぷりございます」

「わーい！　ゼリー!!」

ゼリーに釣られたしゅんは、すっかりお泊まりする気まんまんだ。

「でもパジャマも明日の着替えもないから、おうちに帰ったほうがいいと思うよ？」

「こちらで用意いたしますから、ご心配なさいませんよう」

サキさんまで、しゅんとお義母さまのアシストをする。

「しゅんくんのことは私がちゃんと面倒見るから、安心してちょうだい」

と畳みかけられ、結局しゅんは伊波家にお泊まりすることが決定してしまった。

「しゅん、ちゃんといい子にしてるのよ」

「大丈夫だよー。キーちゃんも一緒だもん」

キーちゃんを両手で抱え上げ、バイバイと言いながら元気よく振るしゅん。子どもが離れていく瞬間って、こんなにも唐突なんだ……ちょっとだけ、寂しい。

「じゃあ申し訳ありませんが、しゅんをよろしくお願いします」

「明日、ちゃんと送り届けるわね」

玄関先でお義母さまとそんなことを話していると。

「……またいつでも来るといい」

それまで無言だったお義父さまがボソリと呟いた。

「お義父さま……」

「君は隼人と結婚するんだろう。妻もしゅんと会えると嬉しいはずだ」

「つまり、うちは美咲さんにとって実家も同然なんだから、遠慮しないでってことなのよ」

「妻〝も〟ってことは、父さんもしゅんに会えると嬉しいってことだよな？」

ニヤニヤする隼人さんを睨めつけて、お義父さまは奥へと戻って行った。

「怒っちゃったんじゃないの？」

「あれは図星を指されて照れたのよ。まぁそういうことだから、またいつでもいらしてね」

「はい。ありがとうございます！」

「それから今夜は、夫婦水入らずの時間を楽しんでちょうだい」

もしかしてお義母さまがしゅんを泊めたいとおっしゃったのは、そのためだったんだろうか。

――今夜、二人きり……。

考えてみたら私と隼人さんは、これまであまり二人きりで過ごしたことはなかった。いつもしゅんがいるし、いないときもただ話をして過ごすだけ。触れ合いといえば、キスをしたくらい。隼人さんは再会後も私のことを考えて、過剰なスキンシップを避けてくれていたのだ。

――もしかして、キス以上のこと、されちゃうかな……。

それを考えただけで、胸の高鳴りが止まらない。

内心ドキドキしながらも、伊波家を辞した私たち。帰りの車の中で、隼人さんはなぜかずっと無言だった。

私、何か粗相でもしてしまった？　浮ついた気持ちが急激にしぼんで、不安が募っていく。

「隼人さん、どうしたの……？」

不機嫌の理由を知りたくて尋ねたけれど、「わけは後で話す」と言って、取りつく島もない。

マンションに到着してエレベーターに乗っても、隼人さんはずっと黙り込んだまま。上昇する機械音が、やけに大きく聞こえた。

「隼人さん」

言いかけたとき、エレベーターが止まってドアが開いた。隼人さんは私の腕を掴んで、足早に部屋へと向かって行く。

「ねぇ、本当にどうしたの？」

性急な動作で解錠し、ドアを開けるとすぐに私を中に押し込んだ。

「隼人さ……」

名を呼びかけた瞬間、唇に熱を感じた。

隼人さんの唇だ。

角度を変えながら、味わうように唇を重ねられ、思考が蕩けていく。

「ごめん。今夜は二人きりなんだって思ったら、歯止めが利かなくなった……」

伊波家を出てからずっと無言だったのは、何かの弾みで衝動が抑えられなくなりそうだったかららしい。

「もっと我慢すべきだってわかってるんだけど……本当はずっと、美咲とこうしたかった」

慈しむように頬を撫でていた手が、そのまま首筋を通って胸元に触れた。もう片方の手で腰を抱かれて、さらに引き寄せられる。

「ずっと我慢してたけど……もう限界だ」

抱いてもいいかと囁かれ、小さくコクンと頷いた。

再び重なり合った唇に、体の奥がジンと疼く。

「あ、でもこんなところじゃ、だめ……」

「大丈夫、わかってる。だけどもう少しだけ」

耳元で熱っぽく囁かれたら、もう何も言えなくなってしまう。

いいよと答える代わりに隼人さんの背中に手を回して、くちづけと抱擁を受け入れる。

甘く切ない時間は一晩中続き、私は隼人さんの愛に溺れ続けたのだった。

エピローグ

十月に入ってすぐの日曜日、私たちは久しぶりにらさいファームを訪れた。

目的は洋介さんや麻衣さん、従業員のみんなへの挨拶と、残していった私としゅんの荷物の整理だ。

家電製品は大半を処分するつもりでいたのだけれど、健吾が一人暮らしをするときに使いたいというので、一部を東京に運ぶことにした。

荷物がなくなってガランとした室内を見回していると、隼人さんが「どうした？」と心配そうに声をかけてきた。

「今までのことを思い出したら、なんだか切なくなっちゃって。しゅんが小さい頃の思い出が、ギッシリと詰まってるから」

ずっと工藤家で居候させてもらっていた私だったけれど、貯金がある程度貯まったのをきっかけに、ここでしゅんと二人、生活することにしたのだ。

とても小さな借家だけれど、私たちにとってはかけがえのない我が家だった。

「ここに住み始めた当初、しゅんはまだイヤイヤ期の真っ最中でね。当時はとにかく大変だったけど、今となってはそれもいい思い出だわ」

「小さい頃のしゅんか……どんな子だったか、見てみたかったな」

「ごめんなさい。私が失踪しなければ、隼人さんはしゅんの成長を見守れたのに」

「いいんだよ。過去を悔やむのはもうやめよう。代わりにこれからは三人の思い出をたくさん作っていけばいいんだから」

「そうね」

隼人さんの言葉はきっと実現する。これからの私たちは長い時間をかけて、いろいろな思い出を一つずつ作り上げていくことだろう。

そんな確信めいた予感に、心が躍る。

長年住み慣れた部屋を後にして、次は事務所へと向かう。

そこには従業員のみんなや洋介さんのご両親、穂乃花ちゃんも揃っていた。

仕事のほうは引き続きリモートで行うことになっているとはいえ、これからは顔を合わせる機会も極端に少なくなってしまうので、一抹（いちまつ）の寂しさは拭いきれない。

特にしゅんと穂乃花ちゃんは抱き合って号泣し、周囲の大人たちの涙を誘ったほど。

自ら東京で暮らすことを決めたとはいえ、一番のお友だちと離れるのだ。悲しくないわけがない。

「また遊びに来るからね」

「絶対だよ。待ってるから。だけどしゅんちゃんとバイバイするのは嫌ぁー！」

涙と鼻水で顔をグチャグチャにする穂乃花ちゃんに、しゅんは「はい」と言って、大事にしていたキーちゃんを手渡した。

「穂乃花ちゃんにあげる」

「でもキーちゃんは、しゅんちゃんの大事なぬいぐるみでしょ？」

「うん。だからあげるの。キーちゃんはぼくの代わりだよ。穂乃花ちゃんとずっと一緒にいるから、バイバイじゃないんだよ」

「しゅんちゃん……うわぁぁぁん!!」

ますます大号泣する穂乃花ちゃんに、しゅんはどうしていいかわからずワタワタしている。

「しゅんちゃん、やるわね」

ニヤリと笑う麻衣さん。

「あの気配り。将来、女の子にもてるわよー」

「ただでさえ隼人さん似ですからね。年頃になったらすぐ、彼女を連れてきそうな気がします」

「おいおい、俺はそんなことしなかったぞ」

私たちの会話に慌てる隼人さん。親子二人で同じような困り顔をするものだから、私と麻衣さんの笑いはしばらく止まらなかった。

「美咲ちゃんが東京に行ったら、本当に寂しくなるわ」

「私もまさかこんなことになるなんて、考えもしませんでした」

ずっとこの地で生きていくものだとばかり思っていたから。

人生は何が起こるか本当にわからないものだと、改めて実感する。

「麻衣さんと洋介さんにはずっとお世話になりっぱなしで……あのとき麻衣さんに見つけてもらわなかったら私、今頃どうなっていたことか。ご恩返しもできずに東京に戻るのが心残りで……」

「あら、そんなことないわよ。伊波さんから聞いてない？　らさいファームのシードルを、都内のレストランで取り扱ってもらえるのよ」

「えっ？　そうなんですか？」

実は隼人さん、洋介さんにリモートワークのプレゼン電話をした際、銀座にあるＩＮＡＭＩ系列のカジュアルフレンチのお店に、シードルを卸してみないかと、同時営業をかけていたのだとか。

国内だけでなく海外でも好評を博している、らさいファームのシードルをＴＶで知った隼人さんは、私を迎えに来た際に購入して試飲してみたらしい。そしてこの味なら銀座のレストランで出すのに相応しいし、リピーターもつくだろうと確信したそうだ。

なんという抜け目のない……隼人さんらしいと言えば隼人さんらしいけれど。らさいファームとしても売上げアップに繋がってＷｉｎ－Ｗｉｎなのだと麻衣さんは笑った。

「そのお店で、十一月からリンゴフェアを開催することになったとかで、フェア用に生果とドライアップルを出荷することも決まったのよ」

こちらは期間限定だけれども、好評の場合は毎年開催することをＩＮＡＭＩ側は視野に入れているらしく、いい顧客を獲得したわーと、麻衣さんはホクホク顔だ。

「これも美咲ちゃんが繋いでくれた縁だわね。こういうのも、内助の功って言うのかしら」

「どうなんでしょう。私は特に何もしていないわけですし」

「だけど美咲ちゃんがいなかったら、うちも伊波さんも知り合えなかったわけだし。

やっぱり美咲ちゃんのおかげなのよ」

こんな私でも、隼人さんやらさいファームの役に立っていたようだ。

嬉しくて、なんだか心が擽ったい。

「というわけで、ＩＮＡＭＩさんとは今後もお付き合いが続くと思うから、これからもよろしくね」

「こちらこそ、ぜひともよろしくお願いします」

「いつかまた遊びに来てよ。私たちも行くからね。そのときは東京観光に付き合ってちょうだい」

「もちろんです。いろいろと案内しますから、楽しみにしていてください」

そんな会話を交わしていると、隼人さんと洋介さんがやって来た。そろそろ出発しないと、飛行機の時間に間に合わなくなるらしい。

これでまたしばらく会えないと思うと、胸がグッと詰まって涙が滲む。

「ほらほら、そんな顔しないで。もう二度と会えないわけじゃないんだから」

「すみません……」

「もう、泣かないの」

「でも……」

「しょうがないなぁ」

そう言って麻衣さんは、私の目の前に小指をピッと差し出した。

「……？」

「指切りしましょ。離れていても、この関係はずっと続いていくって約束するの」

「えぇぇ」

まさかこの歳になって、子どもみたいな約束するなんて……思いがけない提案に目を丸くした私だったけれど、麻衣さんの目は真剣だった。

差し出された小指にオズオズと指を絡めると、麻衣さんはニイッと笑って大声で歌い出した。

「ゆーびきーりげんまん、うそついたら…………脇腹コチョコチョの刑！」

「なんですか、それ」

思わず吹き出した私に、麻衣さんは飄々と、

「だって私も美咲ちゃんも、脇腹を擽られるのが凄く苦手じゃない」

と言い放つ。

「それはたしかに、苦手ですけど」

「コチョコチョされたくなかったら、約束を守ってね。私も当然守るから。どんなこ

とがあっても、私が美咲ちゃんの味方であることに変わりはないよ」

「麻衣さん……」

「幸せになってね……なんて言わなくても大丈夫そうね。今の美咲ちゃん、今まで見てきた中で最高の笑顔だもの」

「はい。隼人さんとしゅんがいてくれますから。もう絶対に、負けたりしません。何があっても全力で立ち向かっていきます」

「その意気よ！　美咲ちゃんの幸せを、ずっと祈ってるからね」

「私も麻衣さんや洋介さん、みんなの幸せを祈ってます」

ヒシッと抱き合い別れを惜しむ私と麻衣さんを、洋介さんと隼人さんは少し離れた場所から静かに見守ってくれた。

こうして私はみんなの笑顔に見送られながら、六年間慣れ親しんだらさいファームを去ったのだった。

＊＊＊

そして月日は移ろい、東京で暮らし始めて幾度めかの春が巡ってきた。

あれから私たちの間には大きな波風が立つこともなく、穏やかで幸せな日々を過ごしている。

隼人さんが私と結婚したことを発表した直後は、激しい反発や悪意に警戒したけれど、いざ蓋を開けると大騒ぎするような人は現れず、むしろ静かで拍子抜けしたほどだった。

以前は婚約期間を置いたことで横やりが入ったため、今度は入籍後に事後報告という形を取ったことが、功を奏したのかもしれない。

公表したとき私はすでに伊波の人間になっていたため、横やりを入れようにも入れられなかったのだろうと、お義母さまがおっしゃっていた。

ＩＮＡＭＩの不興を買った人間や企業に、どんな未来が待っているか。それは栗原工作所の例でわかっているのだろう。

一時期はあらゆる関係先から手を引かれ、仕事も失ったと健吾が言っていたっけ。

それに成田さんの例もある。

あの後、彼女がどういう人生を歩んだのか、私は知らない。けれど自らの行いによって、誰もが知る一流企業の社長秘書の座から転落することになったのだ。

誰だって、その轍（てつ）を踏みたいとは思わないはず。だから攻撃よりも、沈黙することを選んだのだと思う。

それでも隼人さんのことを諦めきれない女性たちから、たまに嫌みを言われることはあった。だけど成田さんほど強烈なものではなかったため、私でも難なく受け流すことができた。

それに私が何か言われるとすぐに隼人さんが飛んでくるので、被害が拡大しないということもある。

おかげで私は心乱されることなく、過ごせているというわけだ。

私の両親はこれに安堵し、健吾も「姉ちゃん、やりゃできんじゃん」と、賛辞してくれた。ウエメセ感が否めないものの、弟なりに喜んでくれているようなので、そこは目を瞑っておくことにする。

東京に来た当初はまだ保育園児だったしゅんは、今年小学校を卒業した。伊波のお義父さまの方針で、高校までは公立の学校に通うことになっているため、中学生になっても友だちと離れずに済んでラッキーと喜んでいた。

卒業式の夜、穂乃花ちゃんに電話で報告していたようで、相変わらず実の姉弟のような関係が続いていたりする。子どもの頃、幼馴染みの存在に憧れていた私には、二人の関係が少し羨ましいくらい。

目下の目標は、小二で始めたダンスの腕を磨くこと。中学校にはダンス部がないので、先生に掛け合ってダンス部を作ろうと、友だちと話し合っているそうだ。

ダンスを習い始めてから多少けがが増えたものの、病気らしい病気をすることもなく、風邪すらほとんどひかない健康優良児。伸びやかにすくすく育つ姿を見て、子どもの成長は早いなぁと実感する。


隼人さんは、INAMIが新しく設立した、地方への移住を考えている人たちを支援する会社の社長に就任。

きっかけは例の『子どもが快適に過ごせる家づくりプロジェクト』。あれを成功させた後、他社と合同で『子どもと暮らす街作りプロジェクト』を発足し、それも見事成功に収めた業績が認められたというわけだ。

新会社で働くと同時に、お義父さまから少しずつ仕事を引き継いで、十年内にはINAMIの最高経営責任者になることが決定している。

お義父さまは隼人さんに経営者の座を譲った後、お義母さまと二人で世界中をのんびり旅して回るおつもりなのだとか。

「仕事三昧の人だったでしょう？　特にこれといった趣味もないわけだし、きっとすぐに暇を持て余してしまうと思うの。だから今までの分も兼ねて、今度は私に付き合ってもらうことにしたのよ」

と、お義母さまは笑った。どうやら世界中を旅することが、お義母さま長年の夢だったようだ。

夫婦水入らず、二度目の新婚生活みたいで楽しそうよね、と隼人さんに話すと、

「俺たちも将来は世界各国を回ろう」

と前のめりの提案を受けた。

入籍後、新婚旅行もしなかった私たち。隼人さんのお仕事が多忙を極め、しゅんの小学校入学も重なったため、のんびり旅行などしている場合ではなかったのだ。

いつか三人で旅行しようと約束しつつも、一度機会を逃してしまうと、その後改めて行こうという気にはなかなかなれず、年に数回らさいファームに行く以外に、旅行という旅行はしたことがなかった。

「随分先の約束になって申し訳ないけど」

「ううん、気にしないで。それに、先に楽しみが待ってると思えば、人生に張りが生まれるってものじゃない？」

「それもそうだな」

フフフと二人で笑い合う。

「でもその前に、私もお義母さまみたいに、もっといろいろこなせるようになっておかなくちゃ。隼人さんの秘書の仕事だけでも手いっぱいだっていうのに……」

実は私は、三年前から隼人さんの秘書を務めるようになっていたのだ。

そんな重要な職務は私に務まらないし、第一恐れ多いと拒否したものの、隼人さんの再三の説得に応じる形でお仕事をすることに。

昔、隼人さんと会ったばかりの頃に芝山社長が「彼はやり手だ」と言っていたことを、今さらのように思い出す。

秘書の業務を行うことを決めたのと同時に、私はらさいファームを退職。

とはいっても、みんなとの仲が途切れることはない。あのときの約束どおり、麻衣さんとの縁はずっと続いているのだ。

仕事を辞めてもほぼ毎日スマホでメッセージを送り合っているし、週に一度は電話もしている。それに年に数回、お互いに行き来して顔を合わせているので、寂しさを感じることはない。

子どもの頃からずっと親しい友人もいなかった私にできた、生涯最高の親友。

麻衣さんと知り合うことができて、本当によかった。

このような出会いをくれた運命の神さまに、心の中で深く感謝する。


かつて絶望と後悔で彩られていた世界が、今は美しく輝いている。

そう思えるようになったのも、全て隼人さんのおかげ。

そして私を導いてくれた、みんなのおかげ。

私は今日も心の中で感謝しながら、隼人さんとしゅんと共に歩んでいく。

前だけを見つめながら。


新しい未来に向かって。

＊　＊　＊

「お母さん、支度できた？　そろそろ出ないと間に合わないよ」

真新しい制服に身を包んだしゅんが、私に声をかけた。

今日はこれから中学校の入学式があるのだ。

「ごめん、もうそんな時間？　お父さんは？」

「洗面所で髪の毛直してる。でももう出られるって」

「お母さんも準備はできてるから、いつでも出られるわよ」

手にしていたマグカップに残るハーブティーを一気に飲み干して、玄関へと向かう。

すぐに隼人さんもやってきて、親子三人で家を出た。

日の光の下で見る制服姿のしゅんは、キラキラと煌めきを放っていて、なんだか大人びて見える。ついこの前まで小学校に通っていたというのに、制服を着ただけで大人びて見えるのだから、なんだか不思議な感じがした。

「何考えてるんだ？」

しみじみと感じ入っていた私に、隼人さんが声をかけた。

「しゅんも大きくなったなぁって思って」

「そうだな。初めて会った頃のしゅんは、まだだいぶ小さかったのに、もうすぐ美咲の身長を追い越しそうな勢いだもんな」

「そのうち隼人さんも追い抜かれたりして」

「いつかはそんな日が来るかもしれないけど、それはそれで少し複雑だな」

ムゥッとした顔で言う隼人さんが面白すぎて、思わず吹き出してしまう。

「しゅんが元気に育ってるって証拠じゃない」

「そうだな。それからこの子も」

隼人さんはそう言うと、私のお腹に手を添えた。

服の上からでもわかる大きな膨らみ。実は今、第二子を妊娠中なのだ。

予定日は七月半ば。新しい家族の誕生に、隼人さんとしゅんは大いに喜び、お世話するぞ！　と今からやる気を漲らせている。

「二人とも、このまますくすく成長してほしいな」

「そうね。それだけが望みだわ」

「しゅんの成長が見守れるうえに、さらに新しい家族も増えて。幸せだよ、本当に」

「私も。こんなに幸せでいいのかなって、怖いくらい」

「こんなことで怖がらないで。俺は美咲としゅんとお腹の子どもを、世界一幸せにするつもりなんだから」

「じゃあ私も、与えてもらったのと同じ分、隼人さんを幸せにしてあげる」

顔を見合わせ、笑い合う。

「お父さん、お母さん。早くー！」

私たちを振り返って手を振るしゅんに微笑み返す。

そんな私たちの間を、穏やかな春の風が通り過ぎていった。

完

2Years After ～Side Shun～

うちの両親はちょっと変わっている……らしい。

友だち曰く、結婚して何年も経ってるのに仲がいいなんて、あまり聞いたことがないそうだ。

どこの家も、子どもの前でも構わず喧嘩をするし、夫婦二人だけで出かけることはないのだとか。

うちの両親はそんなことない、と言ったところ、友だちから出たのが「伊波の親、なんか変わってるな」という言葉だったのだ。

我が家ではそれが普通。変わってるってなんだ、と内心憤慨したものの、叔父の健吾くんにそれを言うと「いや、実際変わってるんだよ」と笑われた。

「え、どの辺が？」

「たとえばさ、しゅんはあの二人が喧嘩してるところ、見たことあるか？」

それはないと断言できる。喧嘩どころか、意見が対立する場面も見たことがない。

いつも微笑み合いながら、お互いを見つめて仲良く会話しているのだ。

「結婚して何年も経つと新鮮味がなくなって、大体の夫婦がお互いをどうでもいい存在って考えるようになるもんなんだよ」

「なんで?」

「家族として過ごす時間が増えるにつれて、昔抱いていた愛情が薄れてくわけ」

そんな様子を見せることなく、年に一、二度どちらかの実家に僕と妹を預けて泊まりがけのデートを楽しむ僕の両親は、やっぱり変わっているんだと健吾くんは言った。

「まあ、あの二人は過去にいろいろあったから、変わってるのもしょうがない話なんだろうけどさ」

その辺のことは、僕もうっすら覚えている。

両親は、わけあって長い間別々に生活していたのだ。父は東京で独り暮らし。母は僕と一緒に、北東北の小さな集落で暮らしていた。

なぜ離れていたのか、細かい理由まではわからない。なんとなく触れちゃいけない話題のような気がして、詳しく聞いたことは一度もないからだ。

ただ祖父母の話を総合すると、両親は別に自分たちが望んで離れたわけじゃなかったらしく、再会後は想いが募って……ということらしい。

ただ、その期間があまりに長いっていうのは、僕も感じるところではあるけれど。

だって僕が東京に来て、今年で十一年になる。その間ずっと恋人同士のようにイチャイチャしっぱなしなのだ。

子どもの頃は、両親が仲良くしている姿を見ると嬉しい気持ちになったけれど、僕ももうすぐ十六歳。思春期真っ盛り。

妹の前ならともかく、僕の前ではそろそろ自重してほしいのに、イチャイチャは留まるところをしらないばかりか、年々増しているような気もしている。

だけど健吾くんの話では、普通はそうはならないらしい。

あれ？　そう考えると、たしかにうちの両親は、ちょっと変わっているのかも。

「変わってるとか言われると、なんだかネガティブなこと言われてる気になるか？」

「うん」

「けどさ、夫婦の在り方ってのは、家庭によってそれぞれ違うのが当たり前なんだよ。何が普通で何が正解かなんて、明確なものは存在しない。ほかと比べて少し変わった部分があっても、それは全然おかしくない。むしろ当然だ」

だから気に病むな、と言って、健吾くんは僕の髪がクシャクシャになる勢いで、頭を撫でた。

「義兄さんと姉ちゃんがイチャイチャしまくることで、円満な家庭が保たれてるってんなら、伊波家にとってはそれが正しいってことなんだよ」

健吾くんの言葉で、腹に溜まっていたモヤモヤが消え去った気がした。

そうだよ。よそはよそ、うちはうち。

ちょっと変わった両親のおかげで、うちは平和そのもの。喧嘩が起きることもなく、僕も妹も幸せな気持ちで日々を過ごしている。

そう考えると、『変わってる』も悪くない。むしろいいじゃん！

ちょっと変わってる、けれど僕たち兄妹に幸せを与えてくれる両親を、ちょっとだけ誇らしいと思う僕なのだった。

あとがき

すずしろ　たえです。本書をお読みいただき、ありがとうございます。

普段は別名義でR18のTL・BL作品を執筆していて、商業書籍もいくつか出させていただいております。

こちらの名義ではコミカライズ（Webtoon）の原作をしたことはあるものの、小説を出すのは初めて。それに加え、初めてのレーベルさま、初のシークレットベイビーものと、初めてづくしの連続に、嬉しいやら緊張するやら……。

四苦八苦しつつも、なんとか書き切ることができて、ホッとしております。

さて舞台は北東北のリンゴの名産地と、東京の二箇所となります。このリンゴの名産地は私の生まれ故郷がモデルとなっており、故郷のことを懐かしく思い出しながら執筆しました。

例の感染症のことなどがあり、ここ数年ほど帰省していないのですが、これを機にまた田舎に遊びに行きたいなーと思ってみたり。本当にいい所なんですよ。実家のある地域は山の麓なので、特に自然が豊かで、温泉もあって、食べ物が美味しくて。熊や蛇などの、野生動物に遭遇する可能性もだいぶ高い地域ですが。(笑)

そしてもう一つの舞台である東京。上野周辺は昔からよく遊びに行く場所だったり。あの雑多な雰囲気が堪らなく好きで。

馴染みのある場所を小説の舞台にできたのも、現代ものの醍醐味(だいごみ)ですね。まだまだ書き足りない部分もありましたが、凄く面白かったし、大満足です。

書籍化にあたりご尽力くださった担当Yさま。いろいろとご迷惑をおかけして、申し訳ございませんでした。深く反省しております……。

そしてイラストを担当してくださった赤羽(あかばね)チカ先生、日頃から私の創作活動に理解を示してくれる夫&息子、そしてこの本をお手にとってくださったあなたに、心からの感謝を。

すずしろ たえ

マーマレード文庫

秘密で息子を産んだら、迎えにきたエリート御曹司の熱烈な一途愛で蕩かされ離してもらえません

2023年8月15日　第1刷発行　定価はカバーに表示してあります

著者　すずしろたえ　
発行人　鈴木幸辰
発行所　株式会社ハーパーコリンズ・ジャパン
東京都千代田区大手町1-5-1
電話　03-6269-2883（営業）
0570-008091（読者サービス係）
印刷・製本　中央精版印刷株式会社

ISBN-978-4-596-52272-6

m a r m a l a d e b u n k o